FSC
www.fsc.org
MIX
Papier aus verantwortungsvollen Quellen
FSC® C012536

Lektorat: Zeus E. Jungrecht
Umschlag und Satz: Jürgen Schütz
Umschlagfoto: Zur Verfügung gestellt von Gabriele Vasak
Druck und Bindung: Druckerei Theiss GmbH
Printed in Austria

ISBN: 978-3-902711-55-7

Auch als E-Book erhältlich
ISBN: 978-3-903061-40-8

www.septime-verlag.at
www.facebook.com/septimeverlag | www.twitter.com/septimeverlag

Gabriele Vasak

Den Dritten das Brot

Roman

Für meine Mutter

1

Die Nacht war sternenlos, der Knall gegen die Stoßstange dumpf, die Blutspritzer auf der Windschutzscheibe spärlich, ein Hundeleben in Serbien ist schnell zu Ende, ein Menschenleben auch. War es zumindest vor siebzig Jahren, als Klaras Urgroßmutter im Alter von achtundfünfzig Jahren in einem serbischen Internierungslager starb wie eine kranke Fliege – verhungert und liegen gelassen im Dreck, dann weggeräumt und verscharrt in einem Massengrab, dachte Klara, als sie die unbedeutende Irritation des Fahrens wahrnahm. Alles in Ordnung, Mama?, fragte sie schnell, doch sie überlegte keinen Moment lang stehen zu bleiben, ihre Mutter und sie allein unterwegs in dieser pechschwarzen Nacht in einem Land, das sie bisher nur von deren Erzählungen und aus Zeitungsberichten über die Jugoslawienkriege kannte, ein Land, das ihr fremd war und dem sie sich trotzdem verbunden fühlte, zumindest seit jener Zeit, da die Mutter zu sprechen begonnen hatte, Jahrzehnte, nachdem alles passiert war, erst, nachdem der Brief gekommen war.

Jener Brief einer gewissen Jelena war in Mamas Leben gefallen wie ein Stein in ruhig dahinfließendes Gewässer, darin war die Rede von Gemälden, Nippes und Porzellan, die Klaras Großmutter im Jahr 1945 bei Jelenas Eltern untergebracht hatte, Dinge, die, wie Jelena schrieb, man zwar entbehren kann, die aber das Leben schöner machen, Dinge, die sie nach all den Jahren der Familie, der sie gehörten, zurückgeben wollte, nachdem sie nach langen, intensiven Recherchen den nunmehrigen Wohnort und die genaue Adresse von Klaras Mutter in Wien ausfindig gemacht hatte.

Penibel waren in dem Schreiben jene Gegenstände aufgelistet, die Jelena, nachdem ihre Mutter gestorben war, weiter sorgsam aufbewahrt hatte, als Eigentum einer Familie, die allein ihrer Herkunft wegen beraubt, verfolgt und in Lager gesteckt worden war.

Warum hatte Mama, die all das als Kind von neun, zehn, elf Jahren erfahren hatte, so viele Jahre nie darüber geredet, überlegte Klara, sie erinnerte sich nur daran, dass die Mutter ihr kurz nach ihrem vierzehnten Geburtstag wortlos einen Bericht überreicht hatte, den sie selbst im Alter von dreizehn Jahren über die scheinbar unaussprechlichen Ereignisse in der Vojvodina während und kurz nach dem Zweiten Weltkrieg verfasst hatte.

Die Gräuel dieser Zeit in jenem Land waren darin in nüchterner Sprache beschrieben, die Mutter nannte auch Zahlen und Fakten, woher sie all diese Informationen hatte und was in ihr selbst vorgegangen sein mochte, während sie darüber schrieb, war Klara ein Rätsel. Sie jedenfalls hatte bis zu diesem Zeitpunkt nur gewusst, dass Mamas aus Deutschland stammende Vorfahren zu Zeiten Maria Theresias in das Gebiet des heutigen Serbien ausgewandert, die Familie seitdem in der Vojvodina ansässig und ehemals sehr begütert gewesen war, und es sie *im Zuge der Kriegswirren* nach Österreich verschlagen hatte.

Mit diesem trockenen Bericht, der wohl auch eine Art Initiationsgeschenk der Mutter an sie gewesen sein mochte, hatte sie erst erfahren, dass im November 1944 auf Beschluss der Kommandantur der Volksbefreiungsarmee alle in Jugoslawien lebenden Menschen deutscher Volkszugehörigkeit zu Volksfeinden erklärt worden waren, Feinden, denen die jugoslawische Staatsbürgerschaft entzogen wurde und die alle Rechte verloren, Feinden, deren gesamter Besitz vom Staat beschlagnahmt wurde, Feinden, die ob all dessen nicht einmal Gerichte zu ihrem Schutz anrufen durften, so die Worte der Mutter in ihrem Bericht, die sie wohl irgendwo nachgeschlagen haben musste.

Warum es so weit gekommen war, stand nicht in dem Bericht, wozu auch, dachte Klara, das Grauen hatte die stets unbescholtene Familie wohl wie aus dem Nichts heraus überfallen, geradeso wie die verschiedenen Staatsangehörigkeiten, die sie im Laufe ihres Lebens in der Vojvodina und später in Österreich sozusagen verpasst bekommen hatten. Klaras Mutter war seit

1952 Österreicherin, zuvor war sie Bürgerin ungeklärter Staatsbürgerschaft gewesen, in der Vojvodina hingegen einmal Serbin, dann Ungarin, dann wieder Serbin, dann staatenlos. Als Kind, das sie damals war, mochte sie das vermutlich nicht berührt haben, wie aber war es für ihre Mutter und ihren Vater gewesen, die gut betuchten Druckereibesitzer, die im Völkergemisch ihrer Lebenswelt mit allen Volksgruppen immer gut ausgekommen waren, mit ihnen auch gute Geschäfte gemacht, Feste gefeiert hatten, zu Hochzeiten und Begräbnissen gegangen waren? Ein Leben in prunkendem Wohlstand, weitgehend sorgenfrei und glücklich wohl, dann der Knall, scheinbar aus dem Nichts, und der Vater von den Russen in ein Arbeitslager verschleppt, Großmutter und Tochter wie Tiere ins Lager getrieben, mit nichts außer einem Rucksack und ihren Leben, dann nur noch Hunger und Angst.

Ängstlich war Mama auch jetzt, da sie auf dem Weg nach Sombor durch die Nacht fuhren, Klara wusste, dass der Zwischenfall mit dem streunenden Hund sie beunruhigt hatte, doch es war nicht nur oder eigentlich nicht das, was ihre Angst hervorgeholt hatte, die Mutter brauchte keinen Anlass für Angst, Angst schlummerte immer in ihr, begleitete sie stets auf all ihren Wegen, brach ungefiltert hervor, wenn sie Uniformierten begegnete, und seien es Parkwächter.

Obwohl die serbischen Grenzwächter Klaras Wagen desinteressiert durchgewinkt hatten, war Mama neben ihr der Schweiß ausgebrochen, ihre Hände hatten gezittert, ihre Stimme war brüchig geworden, erst ein paar Dutzend Kilometer nach der serbischen Grenze, als sie Cevapcici essen gegangen waren und Klara der Mutter ein Glas Bier dazu aufgedrängt hatte, hatte sie sich wieder beruhigt, jetzt auf der Fahrt durch die schwarze Nacht, in der es zu regnen begann, saß sie verkrampft auf ihrem Beifahrersitz, starrte stumm ins Draußen, während der Wagen nun in die Stadt einfuhr.

Die anbrechende Nacht hing über den Häusern und der breiten, von Bäumen gesäumten Straße, in deren regennassem Asphalt sich schwach die Lichter der Laternen spiegelten. Klara lenkte den Wagen sicher durch die menschenleere Stadt, über ihr brannte spärlich die Innenraumbeleuchtung, in deren Licht die Mutter den Faltplan der Stadt las, hinter den schwarzen Silhouetten der Bäume tauchte eine beleuchtete Kirche auf, groß ragte sie in den Himmel, sie waren schon ganz in der Nähe ihres Hotels, noch zwei Gassen links, eine rechts, dann waren sie vor dem vielstöckigen Komplex eines hässlichen Hotelbaus aus den Siebzigerjahren angelangt, sie krochen aus der Enge des Wagens, die Luft war feucht, obwohl es nicht mehr regnete, es dampfte schwül.

2

Die feuchtwarme Luft schlug Marlene heftig entgegen, irgendwie beschlich sie das Gefühl, das zu kennen, sie atmete tief ein, um sich genauer zu erinnern, doch ihr blieb nicht viel Zeit, Klara drängte an die Hotelrezeption.

Dort sprach niemand mehr Deutsch, auch nicht Englisch, doch Marlene kannte noch ein paar Brocken Serbisch, so wurden ihnen die Zimmerschlüssel freundlich überreicht, sie brachten ihr Gepäck hinauf, verabredeten sich für ein paar Minuten später im Speisesaal des Hotels, wo sie noch etwas trinken und ausspannen wollten.

Marlene fragte sich, wo sie hier angekommen waren, war das ihre alte Heimat, und hatte sie wirklich siebzig Jahre benötigt, um dieses Unterfangen eines Wiedersehens jener Gegend, in der sie geboren und aufgewachsen war, zu wagen? Vielleicht hätte sie es früher getan, wenn, ja, wenn was, … Sie verwarf den Gedanken, beschloss, glücklich und froh darüber zu sein, dass Klara sie gefragt hatte, ob sie diese Reise unternehmen wollte, und wenn sie auch heimlich davon geträumt hatte, so hätte sie ihre Tochter nie darauf angesprochen, sie schon gar nicht dazu gedrängt, Marlene drängte niemandem ihre Geschichte auf, wie sie überhaupt nie von sich selbst sprach, sondern sich immer dem Gegenüber und dessen Interessen anpasste, das war ihr im Laufe der Zeit zur Natur geworden, und so empfand sie auch jetzt so etwas wie schlechtes Gewissen, weil Klara nun mit ihr und in ihrem Interesse in Serbien unterwegs war, in diesem heißen August, in diesem vielleicht noch immer oder schon wieder gefährlichen Land mit seiner scheinbar unbegrenzten Weite, einer Weite, die sie aus den Tiefen ihres Inneren heraus liebte, einer Weite, die sie in Österreich manchmal vermisste.

Wie immer, wenn Marlene ausging, machte sie sich zurecht und tupfte sich ein paar Tropfen Parfum hinter die Ohren, fuhr dann mit dem Lift in die Hotelhalle, wo Klara schon auf sie wartete, sie gingen in den Speisesaal, eine riesige, mit Kronleuchtern hell erleuchtete Halle, kaum jemand saß an den zahlreichen, weiß gedeckten Tischen, auf einem kleinen Podest in der hinteren Ecke spielte eine Musikkapelle ein traditionelles jugoslawisches Volkslied, der Geiger hob seinen Bogen, als sie den Saal betraten.

Marlenes Herz wurde freudig-unruhig, *Za jedan čas radosti hiljadu dana* – Für eine Stunde tausend Tage – spielten die in rot-schwarz-weiße Tracht gekleideten Musiker, tausend Tage ihres Lebens hätte sie gegeben für eine einzige Stunde noch mit ihrem Vater, diesem zärtlichen Mann, der nie ein scharfes Wort an sie gerichtet hatte und der mit einem Schlag für immer fort gewesen war.

An einem trüben Weihnachtstag, sie hatte im Esszimmer gerade mit Puppen gespielt, kam der Befehl, ihr Vater sollte sich am nächsten Tag um sechs Uhr abends in der russischen Kommandantur einfinden. Der Weisung waren keine weiteren Erklärungen beigefügt, der Vater hatte ihr unweigerlich Folge zu leisten gehabt. Marlene wusste noch, als wäre es gestern gewesen, wie sie sich schreiend und weinend an seine Hosenbeine gehängt hatte, um ihn aufzuhalten, die Mutter hatte zu beschwichtigen versucht, er komme bald wieder, der Vater mit einem Koffer im Türrahmen, die Augen hinter den dicken Brillengläsern ganz klein.

Tatsächlich war er wenig später zurückgekommen, weil man ihn als Fachmann in seiner ehemals ihm gehörigen, inzwischen verstaatlichten Druckerei brauchte, doch er blieb nur einige Tage, danach holte man ihn wieder, schickte ihn abermals zurück, dann noch ein drittes Mal.

Drei Jahre später hatten sie die Nachricht von seinem Tod erhalten, er war als einer der Ersten im November 1945 in russischer Gefangenschaft gestorben, an Fleckfieber, wie es hieß. Tot, der Vater tot, tot, weil seine eigenen Landsleute gefordert hatten, dass er wie alle anderen Deutschsprachigen auch zu gehen habe, dann, als es zu spät gewesen war für alles andere. Längst war die Bevölkerung der Batschka und des Banat aufgefordert worden, das Land, das ihre Vorfahren urbar gemacht hatten, zu verlassen, und es waren vielleicht die Klügeren oder Vorausschauenderen gewesen, die ihre Koffer gepackt hatten und gegangen waren, Marlenes Familie hatte es nicht getan. Auch heute wusste sie noch nicht, ob ihre Eltern sich der Gefahr, in der sie sich befanden, nicht bewusst waren oder ob sie ihren großen Besitz nicht aufgeben wollten, oder vielleicht war es auch so gewesen, dass sie dieses Land, in dem sie immer glücklich gewesen waren, nicht verlassen wollten, weil sie ihre Heimat liebten, weil sie ihre Verwandten und Freunde dort hatten, weil sie in diesem Land verwurzelt waren.

Mag sein, dass auch ihr Entschluss, im Oktober 1944, als die Auswanderungen immer häufiger wurden, doch zu gehen, halbherzig war, jedenfalls war dann, als ihre Sachen gepackt bereit standen, der Traktor, der ihren Transport anführen sollte, nicht gekommen.

Marlene, deren Hände wieder zu zittern begonnen hatten, strich sich nervös eine Haarsträhne aus der Stirn, eigentlich wollte sie über all das nicht mehr nachdenken, gar nicht nachdenken, so wie sie ihr Leben lang alles daran gesetzt hatte, darüber nicht nachdenken zu müssen, nachdem es ihr gelungen war, in Österreich mit dem Mann, den sie kennen und lieben gelernt hatte, ein neues Leben aufzubauen und mit dem Haus im Grünen Wiens und ihrer Tochter, die sie liebte, ein neues kleines Paradies zu schaffen.

Nein, Marlene war nie unzufrieden gewesen mit dem bescheidenen Wohlstand, in dem sie in ihrer neuen Heimat mit ihrer Familie lebte, sie hatte nie mit Wehmut zurückgeblickt und daran gedacht, in welch großem, herrschaftlichem Haus mit Bediensteten sie als Kind gewohnt hatte, hatte nie bedauert, dass ihre Mutter, die alles überlebt hatte, nicht mehr der großen Druckerei vorstand.

Die Hotelkapelle spielte wieder ein Lied, das Marlene kannte, leise begann sie die Melodie mitzusummen, aus den Tiefen ihrer Erinnerung tauchten langsam auch dazugehörige serbische Wörter auf, die sie längst vergessen geglaubt hatte, was wäre, wenn sie hierbliebe, mit Klara, wenn ihr Mann nachkäme, sie alle ihr Leben hier weiterlebten, unter der Sonne des Südens, könnte Gregor sich an dieses Land gewöhnen, es sich aneignen? Wäre er bereit, seine Heimat zu verlassen, sein wohlgeordnetes Leben aufzugeben, um in der Fremde heimisch zu werden zu versuchen, würde er das Klima vertragen, würden sie die Leute ertragen, die nicht mehr die Leute waren, die früher hier gelebt hatten, und auch nicht deren Nachfahren? Was würde aus ihnen werden in einem Land, das auch nach dem Weltkrieg von Krieg geschüttelt und zerrüttet war, wäre es möglich, sich hier eine neue Existenz aufzubauen?

Marlene schüttelte heftig den Kopf, so als könnte sie damit auch ihre Gedanken abschütteln, sie versuchte, sich auf etwas anderes zu konzentrieren, was lag näher, als Klara zu beobachten, die leidenschaftlich an einer Zigarette zog, jetzt warf sie ihr aus ihren hellgrünen Augen einen vielsagenden

Blick zu, wandte sich rasch an einen vorbeieilenden Kellner, bestellte zwei *Slivovitz*, die sie in einem Zug austranken. Morgen würden sie nach Hodschag fahren, den Ort, in dem Marlene geboren und aufgewachsen war, nur dass er nun Odžaci hieß.

3

Flach war das Land, durch das sie fuhren, weit und eben, darüber hing ein mächtiger Himmel mit traumbildhaften Quellwolken, inmitten der Ödnis stand ab und zu ein Baum und vereinzelt kleine Häuschen, wie hingemalt, die Augustsonne brannte heiß vom Himmel.

Zeit ihres Lebens war Klara Berge, Wälder und Hügel der österreichischen Landschaft gewohnt, diese unbegrenzte Weite war ihr fremd und unheimlich, und die Dörfer, die sie auf ihrem Weg in den Geburtsort ihrer Mutter passierten, empfand sie als bedrückend. Da war nichts vom quellenden Reichtum, von dem Mama aus früheren Zeiten erzählt hatte, nur die bunten Farben, mit denen in manchen Orten die Fassaden der Häuser gestrichen waren, sprachen vielleicht vom Versuch, wieder so etwas wie Freude in das kriegsgeschüttelte Land zu bringen.

Klara fuhr bedächtig und langsam, sie wollte, dass die Mutter alles ganz genau sehen könne, und sie würde jederzeit stehen bleiben, wenn sie das wollte, aber wollte sie das?

Mama las die kyrillisch geschriebenen Ortsschilder laut vor, auf den Feldern stand der fast verbrannte Mais und immer wieder liefen herrenlose Hunde über die Felder oder querten die Landstraße, in der Ferne tauchte eine Reihe einfach hingezimmerter Verkaufsstände am Straßenrand auf, in denen bunt gekleidete Händler Früchte und Gemüse feilboten.

Hier wolle sie stehen bleiben, sagte die Mutter unvermittelt, Klara bremste den Wagen ein, fuhr im Schritttempo an den Straßenrand, Mama war schon draußen, ging nicht, sondern lief zum nächstgelegenen Verkaufsstand, war schon im radebrechenden Gespräch mit einer Gemüsehändlerin, die Tomaten und Paprika, Pfefferoni, Pfirsiche und Melonen in leuchtenden Farben anbot, die Mutter ließ sich zwei Säcke voll mit Gemüse und Obst einpacken, als sie wieder im Auto saßen, begann sie begeistert davon zu reden, dass sie zu Hause echtes serbisches Letscho einkochen und Marmelade machen würde, sodass man etwas *von zu Hause* zu essen hätte.

Klara dachte daran, dass das Gemüse und Obst in den drei Tagen, die sie noch hier wären, verderben würde, in der Tat war die herrschende Hitze gewaltig, hing bestimmend über dem Land, über den trostlosen Dörfern, kein Mensch wagte sich auf die Straße, nur ganz selten einmal sah man alte Frauen mit Kopftuch im Schatten vor ihren Häusern sitzen. Zwischen den Dörfern lag end- und hügellose Weite, Felder so weit das Auge reichte, Mais und Weizen, hellgrün bis an die Linie des Horizonts, über dem ein weißblauer Himmel schwebte. Dann wieder Ortschaften, aus denen Armut und Verfall atmete. Freilaufende Hunde, die die Autos ankläfften, Menschen in armseliger Kleidung, Häuser, die grau und bröckelig mit blinden Fensterscheiben am Wegrand standen.

Sie passierten mehrere solcher Dörfer, dann sahen sie das Ortsschild von Odžaci, jenem Städtchen im Bezirk Zapadna Backa, das nur etwa zehn Kilometer von der Donau entfernt war und in dem Marlene vor mehr als siebzig Jahren gelebt hatte und zur Schule gegangen war, Klara drosselte die Geschwindigkeit des Wagens, fuhr langsam ein. Auch hier verfallende Häuser, Hunde, eine Atmosphäre von Verlorenheit, Aussterben, Ausweglosigkeit, Tod. Wo war die prachtvolle Stadt, von der Mama erzählt hatte, wo die glamourösen Straßenzüge, wo das herrliche Land, das ihre Vorfahren fruchtbar zu machen gekommen waren? Klara parkte den Wagen in einer kleinen Gasse nahe dem Zentrum, sie stiegen aus, wieder die feuchte, schwüle Hitze, die sie jetzt schon kannten.

4

Einen Augenblick lang hatte Marlene ein Gefühl von Heimkommen, auf der Fahrt hatte sie vor sich hingeträumt, all die ehemaligen Freunde, Bekannten und Geschäftspartner ihrer Eltern wären auf den Straßen von Odžaci, wenn sie dort ankämen, sie würden sie fürstlich begrüßen mit Hochrufen für eine der anerkanntesten Familien des Ortes, würden ihnen ihre Häuser öffnen, sie einladen zu Speis und Trank und Feier, und ein Wunder hätte bewirkt, dass ihr Elternhaus noch stand, daneben das Geschäft und unweit davon die Druckerei, und alle würden sagen, sie hätten nur darauf gewartet, dass sie endlich zurückkämen, um Haus und Besitz wieder zu übernehmen, um wieder die angesehensten Bürger des Städtchens zu sein, um mit ihren jetzigen Familien die Geschäfte ihrer verstorbenen Eltern weiterzuführen, um das glückliche Leben weiterzuleben, das sie dort geführt hatten, und Marlene sah sich in dem exklusiven Papiergeschäft ihrer Eltern mit den feinen Ledermappen und den edlen Füllfedern und dem Papier in allen Stärken und Farben, und sie sah ihren Mann Gregor als den Geschäftsführer der Druckerei und Klara und sie im großen Bürgerhaus, das sie führen würde wie früher ihre Eltern, sie würde zu Festen und Feiern laden und die Musik würde aufspielen und die unverwechselbar traurigschönen Melodien würden erklingen und … der Vater tot, verschleppt in ein Arbeitslager, elendig gestorben nach wenigen Monaten.

Mit einem Mal war das Fest in Marlenes Kopf verblasen. Alles war lächerlich klein, einzig der Turm der Kirche ragte noch immer majestätisch in den Himmel, doch selbst er erschien ihr nun viel kleiner und niedriger als in ihrer Erinnerung, und was alles andere betraf, so war nichts mehr so, wie es gewesen war. Dass ihr Elternhaus und die Druckerei nicht mehr standen, hatte sie gewusst, aber als sie jetzt ihre Schritte in jene Gasse lenkten, die für sie mit unvergesslichen Kindheitserinnerungen verbunden war, schlug ihr Herz bis zum Hals und fiel kurz danach in die tiefsten Tiefen ihres Leibes, als ihr das Leben bestätigte, dass das Haus nicht mehr existierte. Der lang gezogene, weitläufige Bürgerbau war abgerissen worden, an seiner Stelle stand nun eine hässliche dreistöckige Mietskaserne, die Fassade war grau und blätterte ab, schäbige Gardinen verdeckten nur teilweise die Armseligkeit der Behausungen hinter den kleinen Fensterscheiben, die mehr Gucklöcher aus Gefängnissen als Fenster zur Welt zu sein schienen.

Das Haus ihrer Kindheit war voll Wärme gewesen, Marlene hatte die dicken, weichen Teppiche auf den Holzböden und die Ölgemälde an den Wänden geliebt, ihr eigenes Zimmer war ganz in Rosa gehalten gewesen, mit vielen Rüschen und Borten und einem richtigen Himmelbett, ihre Eltern hatten das Anwesen mit Liebe eingerichtet, alles hatte trotz der Größe des Hauses einen heimeligen Geist geatmet, sie hatte sich dort so geborgen gefühlt wie später nie wieder in ihrem Leben, doch dann waren die Männer in Uniformen gekommen, dann, als die Abwanderungen der in Hodschag ansässigen Deutschen abgeschlossen waren und es keine Möglichkeit mehr gab wegzukommen, durchzogen Partisanen aus der Gegend von Sombor das Städtchen und die anderen Ortschaften der Batschka. Sie nahmen Einquartierungen vor, alle Deutschen mussten Russen und Partisanen in ihre Häuser aufnehmen, in Marlenes Elternhaus bewohnten nun zwei Serben, die im Finanzamt und im Gemeindehaus arbeiteten, und ein Russe, der jetzt der Druckerei von Marlenes Eltern vorstand, zwei Zimmer neben der Kanzlei des Vaters, so hatten sie Glück im Unglück gehabt, dass kein Militär bei ihnen einquartiert worden war. Wenig später wurde eine Volkszählung durchgeführt, jeder musste Nationalität und Muttersprache angeben, auf den Feldern stand noch der hohe Mais, also wurden die Deutschen zu landwirtschaftlichen Arbeiten herangezogen – so hatte Marlene es in ihrem Bericht notiert.

Heute fragte sie sich, warum sie diesen Bericht geschrieben hatte, den sie niemandem als ihrer Mutter, später dann Gregor und Klara zu lesen gegeben hatte, sie fragte sich auch, was sie als Kind von dreizehn Jahren dazu gebracht hatte, sich dann, wenn ihre Schulaufgaben erledigt waren und sie längst Freundinnen treffen oder in einem Buch schmökern hätte können, doch an den Küchentisch zu setzen, um aufzuschreiben, was in jener Zeit geschehen war, nachdem sie wieder und wieder die Mutter nach Zahlen und Fakten zu den grauenhaften Begebenheiten befragt hatte. Ja, sie hatte damals keine Freundinnen gehabt, mit denen sie sich hätte vergnügen können, aber warum war der Sog der Bücherwelt, in die sie später eingetaucht war, nicht stärker gewesen als diese erwachsene Ernsthaftigkeit, die sie angetrieben hatte zu schreiben? Marlene wusste es nicht, doch sie wusste noch genau, in welch elender Stimmung sie gewesen war, als sie den Abschnitt über jenen trüben Nebeltag im November 1944 verfasst hatte.

Es war ein Donnerstag gewesen, da sich Partisanentrupps in den frühen Vormittagsstunden mit Namenslisten versehen auf den Weg gemacht hatten, alle Männer, deren Namen auf den Listen standen, mitzunehmen – zu mehrtägigen Gleisarbeiten, wie es hieß, es waren 183 Menschen, die in ein leerstehendes Haus gebracht wurden, sich dort in Sechserreihen aufstellen mussten und kein Wort mehr sagen durften, bis gegen zwei Uhr nachmittags etwa dreißig junge, kräftige Männer unter ihnen ausgewählt und an den südwestlichen Ortsausgang geführt wurden. Etwa zwanzig Meter hinter einem steinernen Wegekreuz wurde ihnen ein Geviert von zwölf mal fünf Metern vorgemessen, dort hatten sie eine über zwei Meter tiefe Grube auszuheben, als sie damit fertig waren, setzte die Dämmerung ein, im Zwielicht der hereinfallenden Nacht wurden sie erschlagen und in das Massengrab geworfen.

Später, gegen elf Uhr nachts mussten sich die noch im Haus Verbliebenen nackt ausziehen, sie wurden in Gruppen aneinandergefesselt, aus dem Haus zum Ortsausgang geführt, danach wurden sie einzeln an die für sie ausgehobene Grube gezerrt, erschlagen und ebenfalls in das Massengrab geworfen. Unter den 183 waren auch zwei Frauen gewesen, die stellvertretend für ihre Männer, die sich vor den Häschern versteckt hatten, ermordet wurden. Das verlassene Haus, in dem nur die Kleider der Getöteten zurückgeblieben waren, wurde gesperrt, der Zutritt zum Massengrab durch Wachposten verwehrt. Am nächsten Tag zog das etwa vierzig Mann starke Partisanenkommando weiter ins benachbarte Dorf, wo sie 243 weitere Männer deutscher Volkszugehörigkeit töteten.

So war es wieder und wieder hinter vorgehaltener Hand erzählt worden, so hatte Marlene es niedergeschrieben, doch warum hatte sie nichts von der dumpfen Stille erzählt, die danach über dem Dorf gehangen war, von den

Überlebenden, die ihre Häuser tagelang nicht verlassen hatten, von denen, die es doch taten, aus welchen Gründen immer tun mussten, und die dann so schnell wie möglich an die Hauswände gedrückt entlanghuschten wie Schatten? Vielleicht war es aber das Wissen um diese Dinge, das sie dazu brachte, sich jeden Tag versichern zu müssen, dass ihre Lieben noch lebten, dachte Marlene, die jetzt vor dem hässlichen, dreistöckigen Mietshaus mit den kleinen Fenstern und der bröckeligen Fassade stand und daran zu zweifeln begann, dass hier wirklich einmal ihr Elternhaus gestanden war, dieses luxuriöse Haus mit dem schönen großen Wohnzimmer, in dem auch das Ölbild eines alten Mannes mit Pfeife hing, das ihr immer so gefallen hatte, und in dem der große, weiche Fauteuil stand, in dem Marlenes Großmutter stets gesessen war, neben sich das Radio, das immer eingeschaltet blieb, wenn die Großmutter sich an ihrem Lieblingsplatz eingerichtet hatte, einem Platz, von dem aus sie auch Gratulanten zu ihrem Geburtstag und Namenstag empfangen hatte, da waren nicht nur die befreundeten, angesehenen Bürger des Dorfs gekommen, sondern auch alle Arbeiter der Druckerei, und wenn sie der Hausherrin ihre guten Wünsche überbracht hatten, hatte die Großmutter ihnen einen Schnaps ausgeschenkt, jene Großmutter, die zudem die Herrin der Weingärten der Familie war, jene Großmutter, die auch den großzügigen Mahlzeiten im Esszimmer vorstand, jene Großmutter, die später im Lager so elend erkrankt, gestorben und in einem Massengrab verscharrt worden war.

Marlene ertrug es nicht mehr, vor diesem hässlichen Haus zu stehen, sie bat Klara, sie mögen doch zur Kirche gehen, die stand, im Gegensatz zum Rest des Dorfes, prächtig renoviert in der Mitte der Ortschaft, nur wenige Meter von ihrem ehemaligen Elternhaus entfernt. Das Eingangstor war beinahe so groß, wie Marlene es in Erinnerung hatte. Da waren die Bänke, in denen sie mit ihren Eltern gesessen war, meist ziemlich weit hinten, und sie dachte daran, wie sie unzählige Male unablässig mit dem Fingernagel in dem Holz der Bank hin- und hergefahren war, um eine Spur zu hinterlassen, wenn ihr langweilig gewesen war, dann hatte ihr die Mutter immer auf die Finger geklopft, Marlene suchte in den Bänken nach einer Spur ihrer Kinderfingernägel, aber sie fand keine. Vorne, im linken Seitenschiff der Kirche stand noch der Marienaltar, den sie so geliebt hatte und der im Mai immer festlich geschmückt gewesen war mit Blumen und zahllosen Kerzen. So einen Altar hatten sie auch zu Hause gehabt, mit einer Marienfigur aus Porzellan, und auch sie hatten ihn im Mai geschmückt. Marlene hatte die Blumen dafür aussuchen dürfen, und eines Tages hatte ihr das Kindermädchen eine kleine porzellanene Marienfigur geschenkt, das war eines der schönsten Geschenke, die sie je bekommen hatte, und sie wünschte, sie hätte diese Madonna noch.

Marlene trat wieder aus der Kirche heraus, stand jetzt auf der Straße, die einmal eine Lehmstraße gewesen war und in Sommern wie diesem stets gestaubt hatte, wenn die Bauern mit ihren Pferdewagen von der Feldarbeit zurückkamen. Jeden Abend waren die Straßen gespritzt worden, das Wasser hatte sich mit dem Lehm zu einem ganz eigenartigen, unverwechselbaren Geruch verbunden, Marlene meinte, diesen Geruch noch in der Nase zu haben, nahm jetzt den Weg zum Schulgebäude, das ganz in der Nähe der Kirche noch stand, aber keine Schule mehr beherbergte.

Die Kirchturmuhr schlug vier Uhr nachmittags, Hitze lag über dem kleinen Städtchen, kein Windchen regte sich, Marlene fühlte sich müde, erschöpft, wollte sich hinsetzen und etwas trinken. Sie suchten nach einem Café, fanden aber nur eine heruntergekommene kleine Bar, bestellten Coca-Cola, sprachen kaum etwas, die sengende Hitze drang auch in die kleine dunkle Bar, Marlene spürte ihre Bluse an ihrem Leib kleben, ja, das hier war der Süden, aus dem sie kam.

5

Die Kisten mit Marlenes Sachen standen längst bereit, Jelena kühlte noch rasch Limonade ein, lief dann in die Bäckerei, um die vorbestellten *Kiflice* und *Pogačice* zu holen, danach sollte sich noch ein Besuch beim Friseur ausgehen, sie warf einen Blick in den Spiegel und fand sich alt, ihr Haar war völlig ergraut, die Tage, da man ihr nachgeschaut hatte, waren lange vorbei. Fast so lange vorbei und nahezu vergessen wie die Zeit in Odžaci, damals, als das Städtchen noch Hodschag hieß und eine blühende Ortschaft war, zum allergrößten Teil von Deutschen bewohnt, die den Ort auch groß gemacht hatten. Die sogenannten Donauschwaben waren fleißig, das hat man immer schon gesagt, dachte Jelena, und sie für ihren Teil konnte dem zustimmen, denn sie hatte nicht nur Marlenes großes Elternhaus gekannt, sondern war auch in anderen deutschen Häusern ein und aus gegangen und hatte den Wohlstand, in dem die Deutschen lebten, bewundert, und die dörfliche Eleganz, die vielen von ihnen eigen war, hatte ihr ebenso gefallen wie ihre Art sich zu amüsieren.

Im Prunksaal des Hotels der Familie Kainz waren die Feste gefeiert worden, wie sie fielen. Jelena dachte daran, wie sie sich als Kind manchmal dort hineingeschlichen und unter einem der langen, weiß gedeckten Tische versteckt hatte, wenn man eine Gesellschaft gab, ihr hatten die Frauen mit den schönen Kleidern und den wassergewellten Frisuren und die Männer in den Anzügen, die oft auch Strohhüte trugen, gefallen, und wenn sie ihre Lieder gesungen hatten, war sie gebannt in ihrem Versteck gesessen oder hatte leise mitgesummt, und ganz besonders geliebt hatte sie das feine Klirren der Gläser, wenn sie alle miteinander auf was auch immer anstießen.

Hodschag war wohl so etwas wie eine Vorzeigegemeinde, obwohl es nicht groß war, hatte es eine große katholische Kirche gegeben, ein Kloster, drei Schulen, einen Kindergarten, ein Hotel, zwei Apotheken, eine Handvoll Ärzte, sieben Gasthäuser, einen Fotografen, einen Musikinstrumentenrestaurator und sogar ein Schwimmbad, zwei Kinos, einen Fußball-, einen Tennis- und einen Reitklub; nicht zu vergessen exklusive Geschäfte wie das Papiergeschäft der Druckerei oder den Juwelier und ein Lederwarengeschäft, aus dem es herrlich duftete. Als kleines Mädchen war Jelena oft hineingegangen, nur um an den Koffern, Taschen und Geldbörsen schnuppern zu können, und noch heute liebte sie den Geruch von echtem Leder ebenso wie den von frisch bedrucktem Papier, wie sie ihn in der Druckerei von Marlenes Vater kennengelernt hatte. Das unverwechselbare Aroma von Hanf hingegen, das oft aus der Fabrik der

Bachers geströmt war, mochte sie nicht, aber, und so ehrlich muss man sein, ohne die Bachers hätte man in Odžaci vielleicht heute noch keine asphaltierten Straßen und sicher keine Eisenbahn.

So war auch der schnurgerade Verlauf der Straßen des Orts, die einen schachbrettartigen Gesamtgrundriss hatten, den Kolonisten zu verdanken, der Grundriss war schon im achtzehnten Jahrhundert von kaiserlichen Ingenieuren der Habsburger geplant und dann exakt ausgeführt worden, und so war der Ort auch heute noch durch ebendiese schnurgeraden, zu beiden Seiten mit Nesselbäumen bepflanzten, sich rechtwinkelig schneidenden Straßen durchschnitten. Jelenas Mutter hatte dieses perfekte Quadrat geliebt, und später, als sie nach Novi Sad gezogen waren, hatte sie ständig über die dort oft krumm verlaufenden Gässchen gemeckert und sich nach der Ordnung ihrer alten Heimat gesehnt, wo, wer auch immer vor sein Haus trat, nach rechts und links bis zum Ortsende schauen konnte.

Die Häuser der Deutschen waren groß und respekteinflößend gewesen, sie hatten es verstanden, sie mit Liebe und Stil einzurichten und die Vorgärten üppig mit Blumen zu schmücken. Der Rosengarten der Frau Brunner hatte nicht nur Stockrosen in allen Farben, sondern sogar bunt schillernde, auf Holzstangen steckende Glaskugeln dazwischen getragen, und Jelena wusste noch ganz genau, wie gern sie sich als kleines Mädchen in dem färbigen Glas, das ihr

Gesicht zu fantastischen Masken verzerrte, gespiegelt hatte. Die Wohnung ihrer Eltern hingegen war klein und beengt gewesen, als kleiner Gerichtsvollzieher hatte ihr Vater nicht viel verdient, und so war sie oft und gern bei Marlene gewesen, in ihrem schönen Haus mit den vielen Zimmern, den stets auf Hochglanz polierten Möbeln, den gefirnissten Ölbildern an den Wänden, dem schönen Porzellan und der Couch, die es damals sonst nirgendwo gegeben hatte und auf der sie mit Marlene so gern auf und ab gesprungen war. Vor Jelenas innerem Auge tauchten jetzt die Porzellanfiguren aus dem Wohnzimmer der Eltern ihrer Freundin auf. Oft hatten sie sie aus den Regalen genommen, ihnen Namen und Lebensgeschichten gegeben, sie auf dem gewienerten Holz des Bodens herumgeschoben, und da war dann auch dieser kleine Engel mit rotem Kleid und weißen Flügeln und einer winzigen weißen Kerze in der Hand gewesen, der hatte es ihr im Besonderen angetan gehabt. Das Figürchen war nicht größer als vielleicht zehn Zentimeter und der Faltenwurf seines roten Kleidchens exakt ausgestaltet. Sie hatte es geliebt, ebendiesem Faltenwurf im Porzellan nachzuspüren, und dass das Kleid rot war, hatte ihr ebenso gefallen, wie es sie ein wenig beunruhigt hatte. Marlene und sie hatten die Figur den *Engel im Blutkleid* genannt, und Jelena hatte ihn so sehr für sich allein besitzen wollen, dass sie Marlene ihre geliebte kleine Mundharmonika zum Tausch dafür angeboten hatte. Sie war überglücklich gewesen, als sie ihn schließlich bekommen hatte, hatte den Engel daheim auf das Regal über ihrem Bett gestellt und immer dafür gesorgt, dass sein Platz sauber und schön war. Jahre später – sie wusste nicht warum – hatte sie die Figur ihrer Klavierlehrerin geschenkt, und sie hatte einen Platz auf ihrem schwarzen Flügel bekommen, so war es ihr immerhin möglich gewesen, sie jedes Mal, wenn sie Klavierunterricht hatte, wieder sehen zu können. Das aber hatte ein Ende gehabt, als Frau Marisch ebenso verschwand wie Marlenes Vater, der nach Russland verschleppt worden war, deren Mutter, die vor ihrer Lagerinternierung noch ein paar dieser Dinge, die das Leben schöner machen, bei ihnen untergebracht hatte, und Marlene natürlich, die eines Tages für immer weg gewesen war und von der sie nie wieder etwas gehört hatte.

An das, was dem Verschwinden der Familie unmittelbar vorausgegangen war, konnte Jelena sich nicht erinnern, wohl aber daran, wie ihr Haus dann zunächst geplündert worden war, im Weinkeller hatten sie die Fässer aufgebrochen, sodass der Wein in Strömen herausfloss und die Plünderer bis zu den Knien im Alkohol standen. Später waren alle Maschinen der Druckerei und alles Hausgerät weggebracht, in Magazinen gesammelt und *auf Revers* an Partisanen und serbische Zivilisten weitergegeben worden. Die Möbel waren eines Tages auf einen großen Lastwagen aufgeladen worden und es hatte geheißen, dass ein Offizier aus Belgrad sie sich genommen hatte. In das Haus selbst waren Leute eingezogen, die Jelena nicht kannte, die Kommunisten hatten sie dorthin geschickt, und später waren alle enteigneten Häuser zu Spottpreisen an jene, die nun darin wohnten, verkauft worden. Auch Jelenas Familie war ein enteignetes Haus zugeteilt worden und sie hatten eine Zeit lang darin gewohnt, doch als es zum billigen Verkauf frei gewesen war, hatte ihr Vater dieses Angebot – wie manche andere auch – abgelehnt und sie waren zu dritt in eine winzige Zweizimmerwohnung gezogen. Der Vater, der schon unter der ungarischen Besatzung – der Sprache wegen – nicht arbeiten hatte dürfen, war nun als kleiner Beamter erst recht nicht gefragt gewesen, denn Beamte sollte es im neuen Staat nicht mehr geben. Als die Kommunisten kamen, hatten sie die Schreibmaschinen aus den Fenstern der Schreibstuben geworfen, hatten Papiere verbrannt, und wenn einer nur das Wort *Kultur* ausgesprochen hatte, hatten sie ihn mit der Pistole bedroht. Auch viele reiche Serben, die man beschuldigte, mit dem deutschen Okkupator und Feind kollaboriert zu haben, waren enteignet worden, nicht wenige von ihnen ohne Gerichtsverfahren nächtens erschossen …

Heute versuchte man, das aufzudecken und die Nachkommen dieser Menschen zu rehabilitieren, dachte Jelena und versuchte, die Gedanken an diese Zeit in ihrem Kopf wieder dorthin zu verfrachten, wo sie ihrer Meinung nach hingehörten, jetzt ging es um Marlenes Besuch, um ihrer beider Begegnung, um die paar schönen Stücke, die Marlenes Mutter bei ihr untergebracht hatte, die sollte die neue Familie ihrer Freundin jetzt zurückbekommen, das hatte sie sich vorgenommen seit dem Tag, da sie meinte, verstanden zu haben, was passiert war, obwohl es nicht zu verstehen war.

Ob Marlene wohl noch wusste, was sie damals als Kind im Auftrag ihrer Mutter im Schutz der dunklen Nacht in die kleine Wohnung ihrer serbischen Nachbarn transportiert hatte? Würde sie sich erinnern an das Bild des alten *Dedas* mit der Pfeife im Mund, an die hübsche Porzellantänzerin im grünen Kleid, an all die anderen schönen Bilder und Figuren, mit denen Jelenas Mutter später ihre Wohnung geschmückt hatte und die von jenen, die sie besuchen kamen, immer besonders bewundert worden waren?

Jelena wusste nicht warum, aber ihre Mutter hatte nie mit jemandem darüber geredet, woher diese Dinge kamen, hatte ihren Gästen nie gesagt, dass die Bilder und Teppiche und das Porzellan, das so viele bestaunten, nicht ihr gehörten. Später, als sie die schrecklichen politischen Zusammenhänge zu verstehen begonnen hatte, war es Jelena peinlich gewesen, sie hatte sich für ihre Mutter geschämt und sie hatte Sorge und Angst gehabt, dass die anderen denken könnten, sie hätten die Dinge geplündert, und auf eine seltsame Art hatte sie begonnen, die schönen kleinen Gegenstände zu hassen, das hatte sich wieder geändert, als ihre Mutter gestorben war. Schon sehr bald nach ihrem Tod hatte sie die Bilder, die Teppiche und das Porzellan wieder mit anderen Augen sehen können, sie hatte jedes einzelne Stück ganz genau betrachtet und hatte an Marlene gedacht, an ihre elegante Mutter, ihren sanften Vater mit den dicken Brillengläsern, völlig neidlos, sie wusste, dass diese Menschen nichts Schlimmes getan hatten und dass das Unrecht, das ihnen widerfahren war, nie wiedergutzumachen war, und zum ersten Mal seit den Vorfällen jener Zeit, die zu diesem Zeitpunkt schon mehr als vierzig Jahre zurücklagen, hatte sie darüber weinen können, sie hatte um Marlene geweint, um ihre anderen deutschen Freunde, um das Städtchen ihrer Kindheit, das sie mit ihren Eltern bald nach den schrecklichen Ereignissen verlassen hatte, und als sie nicht mehr weinen hatte können, war ihr klar gewesen, dass sie – wie auch immer – ausfindig machen musste, ob Marlene noch lebte, und wenn, dass sie ihr diese Erinnerungsstücke an ihre alte Heimat unbedingt zurückgeben musste.

So war sie das erste Mal wieder nach langer, langer Zeit nach Odžaci gefahren, um ihre Spuren zu suchen, sie hatte Angst davor gehabt, das Dorf ihrer Kindheit wiederzusehen, und diese Angst war berechtigt, denn sie hatte einen heruntergekommenen, trostlosen Ort vorgefunden, in dem die Menschen gedrückt in den Straßen herumschlichen, es gab keine Blumenpracht mehr, von den alten deutschen Bürgerhäusern, die noch standen, blätterte der Putz ab, auf vielen Häuserwänden fanden sich gesprayte Graffitis, die Fußballklubs bejubelten, doch den Fußballklub des alten Odžaci gab es ebenso wenig mehr wie die Bürgerschule, das Hotel, die großen Gasthäuser, die Apotheken, die Kinos, den Juwelier und das Lederwarengeschäft, und man hörte kein einziges deutsches Wort.

Auch das Haus, in dem Marlene gelebt hatte, stand nicht mehr, aber Jelena hatte nicht aufgeben wollen, zumal sie auch gehört hatte, dass die Miss Vojvodina von 1931, die aus Odžaci stammte und einen Ungarn geheiratet hatte und deshalb nicht verfolgt worden war, vielleicht noch dort lebte, und so hatte sie an die Tür ihres alten Bürgerhauses geklopft und eine alt gewordene Frau hatte ihr geöffnet. Katica, so nannte sie sich nun, wusste aber nichts über das Schicksal von Marlenes Familie, doch sie hatte ihr geraten, den Uhrmacher Vogrinc zu besuchen, der ein Stück weit außerhalb von Odžaci lebte und Kontakte zu ehemaligen Landsleuten in Österreich und Deutschland hatte, so hatte sie sich die Adresse des Herrn Vogrinc aufschreiben lassen, war zum Bahnhof gegangen und nach Novi Sad zurückgefahren. Am nächsten Tag hatte sie Franc Vogrinc geschrieben, seine Antwort hatte ihr die Gewissheit gebracht, dass Marlene noch lebte, mit Ehemann und Tochter in Österreich, in Wien.

Danach hatte sie an ihre Kinderfreundin geschrieben, doch es waren noch viele Monate vergangen, bevor sie den Brief abschickte, all die Schrecken der vergangenen Zeit hatten wieder begonnen sie zu quälen, auch jene, die ihre eigene Familie betroffen hatten, in ihren Träumen waren ihr die Partisanen, die Russen, die Ungarn, die Kroaten in ihren Uniformen und mit ihren Gewehren erschienen, sie hatte Schüsse gehört und Schreie, Blut war von den Wänden ihrer Wohnung in Novi Sad geflossen, und wenn der Nachtalb vorbei war, hatte sie tagsüber stundenlang darüber nachgegrübelt, ob sie wirklich so alte Wunden aufreißen sollte, sie hatte sich gefragt, ob sie das Recht dazu hätte, Marlene aus ihrem vermutlich wieder geordneten Leben aufzustören, sie hatte überlegt, ob ihre Freundin überhaupt noch irgendetwas von damals wissen wollte, ob sie jemals wieder dahin zurückkommen wollte, wo ihr so viel Leid widerfahren war, und die Zeit war vergangen, aber die Gedanken an Marlene und die Wertgegenstände ihrer Familie hatten sie nicht losgelassen, und erst nachdem sie den Brief wohl ein Dutzend Mal umgeschrieben hatte, war sie endlich zur Post gegangen und hatte ihn abgeschickt.

6

Klara sog kaltes Coca-Cola durch den Strohhalm in ihren Mund, die Eiswürfel klirrten im Glas, das nicht ganz sauber aussah, sie dachte an ihre vor zehn Jahren verstorbene Großmutter, die hier als Großgrundbesitzerin gelebt hatte, deren Vorfahren im achtzehnten Jahrhundert unter unvorstellbaren Bedingungen mit dem Schiff aus Deutschland über die Donau bis ins ungarische Apatin gereist waren, um in einem neuen Land ein neues Leben zu beginnen, aus welchen Gründen war unbekannt, jedenfalls aber war ihnen von der österreichischen Regierung, die diese Schwabenzüge veranlasst hatte, großzügige Unterstützung bei der Urbarmachung des brachliegenden Landes zugesichert worden, doch der Beginn musste mehr als schwierig gewesen sein, das Land schlammig, unzugänglich, schwer zu bebauen, aber die Siedler fleißig und unbeirrbar, so wohl auch Klaras Vorfahren, die aus dem deutschen Schwarzwald gekommen waren und die jedenfalls nach Generationen erheblichen Reichtum angehäuft hatten.

Den Ersten der Tod, den Zweiten die Not, den Dritten das Brot, so hatte ein alter Siedlerspruch gelautet, den Klaras Großmutter des Öfteren zitiert hatte, diese Frau, die mitten aus Wohlstand und Harmonie ins Elend eines Konzentrationslagers gerissen worden war, eine Frau, die in dieser Situation ihr bis dahin unbekannte Kräfte in sich bewegt hatte, um die Schläge, die Demütigungen und den subtilen Terror der ständigen Angstmache zu ertragen, eine Frau, die ihre eigenen Ängste vor ihrer Tochter verborgen hatte, versucht hatte, ihr inmitten des Lagerwahnsinns noch ein Gefühl von Kindersicherheit zu geben, eine Frau, die letztendlich sogar die Flucht mit Kind aus dem Land, in dem man sie nicht mehr wollte, gewagt hatte, eine Frau, deren Kräfte von all dem wohl aufgebraucht waren, als Klara sie als ihre immer ängstliche, um alles besorgte Großmutter, die ständig den Rat und die Unterstützung anderer brauchte, kennenlernte.

Klara hatte ihre Großmutter nie wirklich verstanden, es hatte sie irritiert, dass sie – so wie jetzt Mama mit ihr – jeden Tag mehrmals mit ihrer Tochter telefoniert, alles, aber auch alles, was die täglichen Kleinigkeiten betraf, mit ihr besprochen, nie aber ein Wort über ihre Vergangenheit verloren hatte. Manche der Traditionen aus der alten Heimat hingegen hatte sie hochgehalten, gerne hatte sie etwa Kuchen nach den alten Rezepten gebacken, und sie hatte Kontakt zu anderen, nach Österreich oder Deutschland geflüchteten Landsleuten gehalten, war zu den offiziellen Treffen der heimatvertriebenen Deutschen in Wien gegangen, Treffen, zu denen sie anfangs auch Mama und Papa begleitet hatten, doch Klaras Vater hatte das bald abgelehnt, er mochte die vielen Ewiggestrigen dort und ihre politischen Ansichten nicht, dann hatte auch Mama aufgehört, zu diesen Treffen zu gehen, Klara wusste oder spürte aber, dass sie das nicht gerne aufgab, denn die Mutter hatte den Tratsch, der bei diesen Zusammenkünften stattfand, immer geliebt, dort hatte sie so leicht wie nirgendwo anders erfahren, was aus wem aus der alten Heimat geworden war, wer gestorben, verheiratet, geschieden war und was das Schicksal sonst noch für die ehemaligen Bewohner aus der Batschka in Österreich bereithielt. Das und die sentimentalen Heimatlieder, die sie dann sangen und die Mama nicht vergessen wollte, ja, und das Eintauchen in das seltsame Sprachgemisch der ehemaligen Siedler, das alles fehlte ihr, aber wie so oft in ihrem Leben hatte sie sich auch dabei zurückgenommen, und Klara konnte sich nicht erinnern, dass sie in den letzten Jahren noch einmal bei einem solchen Treffen gewesen war.

Klara sah ihre Mutter an, die nervös mit ihrem Glas spielte und wieder zu erzählen begann, dabei immer mehr in den Dialekt ihrer alten Heimat verfiel, sie sprach von ihrem slowenischen Kindermädchen Iren, die sie auf nahezu all ihren Wegen begleitet hatte, die sie das Beten gelehrt hatte, die sie auch in die winzigen Räume ihres bescheidenen Elternhauses mitgenommen hatte, zu aufregenden Spielen im verwinkelten Hof, zum Trinken von gutem Wasser aus dem Brunnen im Hof, Mama sprach vom DKW, den ihre

Eltern besessen hatten, die ersten Wagenbesitzer im Ort, von den winterlichen Schlittenfahrten, die ihr Vater mit ihr unternommen hatte. Mama erzählte, wie die Mutter sie in dicke Decken gepackt und ihr heiße Ziegel unter die Füße gelegt hatte, bevor der Kutscher mit der Zunge geschnalzt und die Pferde losgetrabt waren, hinaus aus dem Dorf, hinein in die Winterlandschaft mit weißgrauem Himmel, fast nicht zu unterscheiden vom Schnee auf den Feldern, eine endlose weiße Weite, und Marlene ganz dicht an den Vater geschmiegt, der ihr aufregende Geschichten erzählte und ab und zu nach dem bereiften Zweig eines Baumes am Weg griff, sodass es weiß und nass in ihr Gesicht stäubte. Mama war in einen Redestrom verfallen, sie sprach weiter von der Druckerei, in der sie oft gespielt und dabei größtes Vergnügen daran gefunden hatte, die Buchstaben in den Setzkästen auszutauschen, sie erzählte, wie sie im Papiergeschäft der Eltern herumspaziert war, in dem es so gut nach feinem Papier roch, wie sie in den Kalendern, Büchern, Schulheften, Ansichtskarten und Briefmarken gestöbert hatte, wie sie dann ins Büro gegangen war, in dem auch ihre Mutter arbeitete und wohin immer Gäste kamen. Mama nannte den Dorfarzt, der den Eltern täglich einen Besuch abstattete, und den Barbier, der ihren Vater jeden zweiten Tag rasierte und ihm währenddessen die Neuigkeiten aus der Ortschaft erzählte. Dieses Büro, sagte Mama, sei wohl das schönste Büro der Welt gewesen, nicht nur ein Ort der

Arbeit, sondern auch einer, an dem sich die Eltern wohlfühlten und entspannten, etwa bei der Neun-Uhr-Jause mit Speck und Brot, oder beim Nachmittagsschlaf, den der Vater täglich auf dem dort für ihn bereitstehenden großen, weichen Diwan hielt, oder beim Spiel mit Marlene, die aus einer speziellen Schreibtischschublade regelmäßig Süßigkeiten bekam oder eine kleine Weile auf dem Schoß des Vaters sitzen und sich den Rücken von ihm streicheln lassen durfte.

Klara sah die Augen ihrer Mutter feucht schimmern, sie tat ihr leid, zugleich wünschte sie, sie hätte auch einen Vater, wie Mama ihn gehabt hatte, doch Gregor war schweigsam, verschlossen und unzugänglich, Klara verdrängte den Gedanken, sie strich der Mutter mit zwei Fingern über den Arm, Marlene sah auf und lächelte unter Tränen.

7

Der katholische Friedhof von Odžaci, einstmals eine Prachtstätte, durch die breite gekieste Wege geführt hatten, zu beiden Seiten der dichtgewachsenen Baumalleen waren mächtige Gräber mit hohen säulenartigen Grabsteinen gestanden, erinnerte sich Marlene. Sie standen vor dem Eingang, den zwei Backsteinziegelsäulen und ein schmiedeeisernes Gitter markierten, von dort aus führte ein breiter Weg mit neu gepflanzten Bäumen zu einer Kapelle. Es war sieben Uhr abends, die Sonne sengte noch immer vom Himmel, Marlene las die Namen der Verstorbenen von den Grabsteinen ab, viele der hier begrabenen Familien hatte sie gekannt, mit langsamen Schritten ging sie Klara voran auf die Kapelle zu, ein Mann, der Marlene durchdringend ansah, kam ihnen entgegen, bevor sie durch eine kleine hölzerne Tür in die offenbar frisch renovierte Kapelle eintraten, an der gewölbten Decke befand sich ein schönes Fresko, rechts neben dem Altar hing ein großes Holzkreuz, Marlene trat darauf zu.

Bauer, Ertl, Müller, Ogrisek, Pfeifer, Reimann, Vogrinc, … las sie auf dem Kreuz, all die hatte sie gekannt, manche dieser Männer waren nach Russland verschleppt worden, andere in Hodschag selbst getötet worden, die 183, die sich ihr eigenes Grab schaufeln hatten müssen, waren ebenfalls verzeichnet, und: Marlene stockte der Atem, da stand auch der Name ihres Vaters, ein Schauer durchfuhr sie. Mit einem Mal empfand sie die grenzenlose Ungerechtigkeit der Ereignisse, die ihre Familie getroffen hatten, als unerträglich – ein Gefühl, das sie sonst nicht kannte oder nicht zuließ, um ihr sorgsam errichtetes neues Leben nicht zu gefährden, um keine Unzufriedenheit und vor allem keine unstillbare Trauer hochkommen zu lassen, doch jetzt konnte sie ihre Augen nicht abwenden von den zwölf Buchstaben, die ihr Vater gewesen waren, langsam begann die Schrift vor ihren Augen hin und her zu schwanken, sie verschwamm, rückte auf einmal nahe und dann wieder in die Ferne, und die Gefühle, die sie ihrem Vater gegenüber empfunden hatte und die so lange verschüttet gewesen waren, drängten aus unbekannten Tiefen hoch.

Ein feiner, sensibler Mann war er gewesen, großzügig und voll Sinn für das Schöne. Von jeder Geschäftsreise hatte er Geschenke mitgebracht, Silber und Kristall und Porzellan für die Mutter, Puppen, Spielsachen und Brettspiele für Marlene. Einmal hatte er ihr aus Budapest einen Kaufmannsladen gebracht, mit unzähligen Döschen und Gläschen, in denen sich winzige Mengen von Nudeln, Reis und Süßigkeiten befanden. Marlene hatte den Kaufmannsladen geliebt und war todtraurig gewesen, als ihr einmal eines der feinen Gläschen beim Spielen zerbrach, aber der Vater hatte ihr sofort versprochen, von seiner nächsten Reise nach Budapest ein neues mitzubringen, das hatte er auch nicht vergessen, sie hatte drei weitere Gläschen bekommen. Ja, und zärtlich war er gewesen, dachte Marlene, gar nicht so wie ihr Mann Gregor. Wenn sie abends im Bett gelegen war und nicht einschlafen hatte können, war er oft gekommen und hatte sie in den Schlaf gewiegt. Wie mochte es ihm ergangen sein, im russischen Arbeitslager, diesem feinsinnigen Mann, der nur Büroarbeiten gewohnt war und der so schlecht sah, dass er ohne Brille verloren war?

Marlene dachte an jenen Tag, da der Vater noch in Hodschag und bei ihnen gewesen war, als plötzlich zwei betrunkene Russen in ihr Haus gestürmt waren, sich im Wohnzimmer an den Tisch gesetzt, ihre Revolver vor sich gelegt und seinen besten Wein gefordert hatten. Der Vater hatte in den Keller gehen müssen, um den Wein zu holen, dann hatten sie gesoffen wie die Tiere, den Vater beschuldigt, ein Spion zu sein und ihm gedroht, ihn umzubringen, dabei hatten sie mit ihren Waffen gespielt. Der Vater hatte serbisch auf sie eingeredet, das hatten sie ein wenig verstanden, doch dass er unschuldig war, hatten sie nicht verstehen wollen, und Marlene, die sich im Wohnzimmer hinter dem Diwan verkrochen hatte, hatte gespürt, wie gefährlich die Situation war, als der Vater schließlich keinen anderen Ausweg mehr gewusst hatte, als die Mutter auf Deutsch zu bitten, um Hilfe in die Kommandantur zu gehen. Zum Nachdenken war keine Zeit gewesen, Marlenes Mutter hatte ihre Tochter hinter dem Diwan hervorgeholt, im strömenden Novemberregen waren sie beide zur Kommandantur gerannt, die Mutter hatte stammelnd berichtet, was sich gerade in ihrem Haus abspielte, und ein Serbe, der sie kannte, hatte ihr Hilfe zugesichert. Drei Männer hatten Marlene und ihre Mutter dann zurück in ihr Heim begleitet, hatten keine Sekunde lang gefackelt und die beiden Russen aus dem Haus geworfen.

Marlene drehte sich zu Klara, die die ganze Zeit hinter ihr stehen geblieben war, um, sah sie mit wässrigen Augen an, dann kramte sie in ihrer Handtasche, tastete nach dem kleinen Döschen aus Silber und grünem Glas, zog es vorsichtig aus der Tasche, reichte es Klara. Das habe ihre Mutter dem Vater mitgegeben, als sie ihn nach Russland verschleppten, sagte sie. Klara nahm das grün-silberne Behältnis entgegen, öffnete es vorsichtig und fand darin einen winzig kleinen Rosenkranz und eine ebenso kleine Figur des Heiligen Antonius. Ein gewisser Franz Korn, Mitgefangener ihres Vaters aus dem Nachbardorf, der das Arbeitslager überlebt hatte, habe es der Mutter nach dem Tod ihres Mannes zurückgeschickt, sagte Marlene. Klara sah sie scharf an, ob denn kein Begleitbrief dabei gewesen war, fragte sie. Doch, den habe sie aber nicht bei sich, murmelte Marlene, drehte sich um und ging auf das Tor der Kapelle zu.

Draußen blendete sie die untergehende Sonne, sie machten sich auf den Weg in jenen Teil des Friedhofs, wo Marlene ihr Familiengrab vermutete, wieder kam ihnen der Mann entgegen, dem sie schon am Hinweg begegnet waren, diesmal blieb er stehen, als sie auf gleicher Höhe waren, wieder starrte er Marlene durchdringend an, er meine, sie zu kennen, sagte er und stellte sich vor.

Slatko Vuković sei sein Name, sprach er weiter, in Marlene kochte eine sehr alte Erinnerung hoch. Slatko, der Sohn ihrer Nachbarn, ihr Spielkamerad von einst, sein Vater war Slowene gewesen, darum war die Familie, ebenso wie die Familie von Iren nicht vertrieben worden, sondern hatte bleiben dürfen, fast erschrocken stammelte sie ihren Namen hervor, der weißhaarige Mann trat unmittelbar darauf auf sie zu, umarmte sie innig, Tränen standen ihm in den Augen, dann führte er sie zu einer Bank im Schatten eines Kastanienbaums, begann schon am Weg zu reden, sein Akzent im Deutschen war hart, er schwärmte von Marlenes Familie, von ihrem Besitz, erinnerte sich noch genau an ihr Auto, er hatte den Wagen bewundert, war glücklich gewesen, wenn Marlenes Vater ihn auf eine Ausfahrt mitgenommen hatte. Was für ein Besitz, sagte Slatko immer wieder, und was für ein Unglück, wieder wischte er sich Tränen aus dem Augenwinkel, Marlene war irritiert, dieser Mann aus ihrer Vergangenheit schien mehr unter dem Schicksal ihrer Familie zu leiden als sie selbst, die sich mit allem arrangiert hatte.

Er begann von der Geschichte des Friedhofs zu erzählen. Mit der Vertreibung der Donauschwaben sei das Grabfeld verkommen, noch vor Kurzem wäre das gesamte Terrain mit riesigen Unkrautgebüschen zugewachsen gewesen, erst ein neuer Pfarrer, der vor einigen Jahren die Gemeinde übernommen hatte, hätte sich dafür eingesetzt, dass die Ruhestätte mithilfe der Gelder einer humanitären Organisation und des Deutschen Vereins wieder hergerichtet worden war. Dabei hätte man auch alte Grabsteine, die von ihren Untersätzen gefallen und mit Erde überschüttet gewesen waren, wieder ausgegraben und neu errichtet. Das Grab von Marlenes Familie aber läge in einem Teil des Friedhofs, der noch nicht erneuert war, er würde sie hinbegleiten, wenn sie wollten.

Wieder hingen Tränen in Slatkos Augenwinkeln, Marlene fragte sich, ob sie die Vergangenheit ebenso wenig hätte vergessen können wie er, wenn sie hier lebte, aber zurückzukommen war für ihre Familie weder möglich noch denkbar gewesen, sie versuchte, die sie zu überschwemmen drohenden Gedanken loszuwerden, dann waren sie auf dem Weg dorthin, wo Slatko und auch Marlene ihr Familiengrab vermuteten. Marlene war nervös, als sie nun zu dritt zwischen den von Gras und Unkraut überwucherten Gräbern herumstolperten, auf zerbröckelnden Grabsteinen suchten sie den Namen ihrer Familie wohl eine Stunde lang, aber sie fanden das Grab nicht, dann blieben sie irgendwo auf einem Fleckchen verbrannter Erde stehen und Slatko erzählte, wie fruchtbar und reich das Land früher gewesen war. Nach dem Krieg hätte man einfachste Leute aus den Bergen hierhergeschickt, auf dass sie sich das Land aneigneten, doch diese Menschen hätten keine Ahnung von der Landwirtschaft in der Ebene gehabt, so sei alles verkommen und in Armut und Elend verfallen, ein trauriges, ein schreckliches Land jetzt, sagte Slatko, und die Menschen hier stürben viel zu früh, weil das Land nur grausam und tödlich sei.

Der Abend war längst angebrochen, Schwüle lag über dem Land, Marlene war schweißgebadet und völlig erschöpft, sie wünschte, Slatko zu verabschieden, den Friedhof zu verlassen, das Dorf ihrer Kindheit hinter sich zu lassen, zurückzukehren in das Hotel mit dem kronleuchtererhellten Speisesaal, wo sie Touristen waren wie viele andere auch, sie blickte Klara an, die stumm neben ihr stand, Slatko schwamm noch immer in Trauer und Zorn, er schien sich in einem Redestrom verfangen zu haben, Marlene wartete nur darauf, dass er endlich aufhören würde zu reden und sie gehen könnten, doch es brauchte ein deutliches Zeichen von Klara, die dann auch endlich sagte, dass sie aufbrechen müssten. Slatko ließ es sich nicht nehmen, sie bis zu ihrem

Wagen zu begleiten, eilig tauschten sie noch Adressen und Telefonnummern aus, als Klara losfuhr, blieb Slatko auf der Straße stehen und winkte ihnen so lange, bis ihr Auto hinter einer Kurve aus seinem Blickfeld verschwunden war, dann waren Klara und Marlene wieder unterwegs auf den holprigen Straßen, die ihnen jetzt schon vertraut waren.

Die Sonne ging unter, der Himmel war leuchtend orange gefärbt, schwach ließen sich Wolken im Feuer wahrnehmen, der Horizont war scharf begrenzt, darunter lagen die Felder im langsam schwarz werdenden Hintergrund, nur mehr undeutlich waren da und dort Häuser erkennbar, wieder liefen herrenlose Hunde die Straße entlang, Klara lenkte den Wagen mit ziemlich hoher Geschwindigkeit, im Inneren herrschte drückende Stille.

Wie hatte sie all die langen Jahre darüber schweigen können, wie alles verdrängen, dachte Marlene, und doch wusste sie tief innen, dass ihre furchtbaren Albträume, ihre Ängste vor allen Uniformierten, ihre Furcht vor Amtswegen und ihre grundsätzliche Ängstlichkeit nur auf das zurückzuführen sein konnte, was sie als Kind erlebt hatte, Klara hatte ihr das auch einmal auf den Kopf zugesagt, sie hatte dann zwar genickt, aber nichts weiter gesagt, was hätte sie auch sagen sollen, wie hätte sie in dröge Worte fassen können, was damals Unbegreifliches geschehen war? Ja, sie hatte es versucht mit jenem Bericht, den sie mit dreizehn Jahren verfasst hatte, aber wenn sie jetzt daran dachte, wusste sie, dass es nur nüchterne Sätze waren, mit denen sie das Grauen vielleicht sogar beschönigt hatte, ihm keineswegs beigekommen war oder es gar erfasst hätte.

Vielleicht war es ihr aber doch gelungen, eine Spur zu legen, Marlene erinnerte sich, wie sie Klara kurz nach deren vierzehnten Geburtstag den Bericht zu lesen gegeben hatte, und sie würde nie vergessen, wie die Tochter sie nach der Lektüre um ein Stück Brot gebeten und es andächtig gegessen hatte. Dieses eine Mal jedenfalls, denn Marlene wusste auch noch zu gut, wie oft Klara genervt auf ihre Unfähigkeit, etwas Essbares wegzuwerfen, reagiert hatte. Kein Stück Brot wurde in ihrem Haushalt dem Mülleimer übergeben, und war es noch so hart und ungenießbar, obwohl sie sich an den Hunger, den sie gelitten hatte, nicht erinnern konnte, aber vielleicht sprach sie nur nicht darüber, weil sie die anderen nicht mit ihren Angelegenheiten behelligen wollte.

Der Wagen ratterte in der Dunkelheit über die Landstraße, sie passierten eine Ortschaft nach der anderen, dann waren sie wieder in Sombor, dort waren sie im Gefängnis gewesen, eine Nacht lang, nach ihrem ersten Fluchtversuch.

8

Die Ersten, die eine Flucht gewagt hatten und aufgegriffen worden waren, hatte man umgehend erschossen, später war auf Befehl Titos aus Belgrad ein Erlass gekommen, demnach man die Lagerflüchtlinge am Leben lassen und *nur* in ihr Gefängnis zurückbringen sollte, da hatte auch Marlenes Mutter das erste Mal den Mut zu diesem gefährlichen Unterfangen gefasst.

Eine heiße Augustnacht war es gewesen, als sie aufgebrochen waren, und sie waren noch nicht lange gegangen, als Marlene, die sich auf dem Weg – todmüde – ein Stück zurückfallen hatte lassen, plötzlich ihre Mutter nicht mehr sah. Panik ergriff sie, ihr Herzschlag bis zum Hals und das Bewusstsein, dass sie nicht schreien, ja nicht einmal rufen durfte, sie begann zu laufen, doch wohin sie auch kam, die Mutter war nicht zu sehen, so schlich sie weinend zurück ins Lagerdorf, lief in das nächstbeste Haus, dort beteten sie gerade einen Rosenkranz und Marlene kniete sich dazu, in ihrem Kopf die himmelweite Angst, die Häscher wären ihr auf den Fersen und würden sie fangen und in eines jener Kinderheime stecken, in das sie auch schon andere deutsche Mädchen und Knaben, deren Eltern bereits tot waren, verfrachtet und ihnen serbische Namen und ein serbisches Leben gegeben hatten, doch als Marlene das fünfte *Gegrüßet seist du, Maria* mitbetete, stand plötzlich die Mutter hinter ihr und nahm sie sanft an der Hand. Zwei Tage später hatten sie es erneut versucht. Sie waren die ganze Nacht lang gegangen, durch die Felder, und als es Morgen wurde, bemerkten sie, dass sie im Kreis gegangen waren, und sie hörten die serbischen Feldarbeiter kommen und versteckten sich in einem der mit hohem Mais bestandenen Felder, es war sengend heiß und sie hatten keinen Tropfen Wasser, gegen neun Uhr abends konnten sie nicht mehr, da die Mutter sie ganz nah an der ungarischen Grenze wusste, gingen sie wieder los, doch kaum hatten sie den Schutz der Felder verlassen, standen Partisanen mit aufgepflanzten Gewehren vor ihnen, brüllten sie an, und mit einer unbegreiflichen Ruhe, die der Mutter das ganze Lagerleben über eigen gewesen war, sagte sie, sie sollten sie doch erschießen, sie gingen nicht mehr zurück. Sie würde schon sehen, antwortete einer der Partisanen, dann steckte man sie in einen nahe gelegenen Bunker, lichtlos mit zwei Luftschlitzen ganz oben, nach ein paar Stunden brachte man noch weitere zwölf Leute, die auf der Flucht aufgegriffen worden waren. Sie drängten sich in dem vielleicht zehn Quadratmeter großen Raum aneinander, hatten kein Wasser, nichts zu essen, bekamen kaum Luft. Marlene klammerte sich an die Mutter, auch jetzt war deren Ruhe nicht zu brechen, sie streichelte ihrer Tochter den Kopf und wiegte sie sanft, Marlene aber spürte die Angst der anderen und begann am ganzen Leib zu zittern, ließ sich kaum beruhigen, noch schlimmer wurde es, als man sie am darauffolgenden Tag alle auf Pferdewagen ins staatliche Gefängnis nach Sombor führte, wo sie einen Tag und eine Nacht in einer Zelle mit den zwölf anderen verbrachten und die Mutter immer wieder zum Verhör hinausgeführt wurde. Jedes Mal, wenn die Wärter kamen, um sie zu holen, klammerte sich Marlene stumm und verzweifelt an sie, doch die Männer hatten kein Erbarmen, und Marlene musste allein bei den anderen in der Zelle bleiben, und keine der Frauen dort konnte ihr helfen, wenn sie sich so lange vor Angst auf dem Boden krümmte, bis die Mutter endlich zurückgeführt wurde. Als diese Albtraumnacht vorbei war, brachten sie sie alle zurück ins Lager nach Gakovo, sie mussten zu Fuß gehen, vier bewaffnete Partisanen begleiteten sie.

Marlene erinnerte sich nur dunkel an all das, konnte sich nicht vorstellen, dass es hier in dieser schön renovierten Stadt heute überhaupt ein Gefängnis geben sollte, Sombor in der Dunkelheit erschien ihr prächtig und gefahrlos, die breiten Straßen waren von Bäumen gesäumt, viele Gebäude opulent beleuchtet, die Straßenlaternen glitzerten verheißungsvoll im Schwarz der Nacht, da war wieder die Kirche, noch zwei Kurven, dann stand der hässliche

Gebäudekomplex des Hotels vor ihnen. Marlene atmete auf, sie stieg sofort aus dem Auto, heiße Luft umfing sie, sie war völlig verschwitzt und erschöpft, wollte nichts als eine Dusche, sie verabredeten sich für das Abendessen in zwei Stunden, gingen auf ihre Zimmer. Marlene sperrte sich sofort im Badezimmer ein, zog sich aus, stellte sich unter den brausenden Strahl der Dusche. War es ein Wunder, dass sie vor allen Uniformierten Angst hatte, war es unverständlich, dass sie es nicht ertrug, wenn auf der Straße jemand hinter ihr herging, war es absurd, dass der Geruch eines Maisfeldes Angst in ihr hochsteigen ließ? Gregor meinte das manchmal, er sagte, es sei so viel Zeit vergangen, aber was konnte er sich schon vorstellen? Genauso wenig wie Klara, die zwar wusste, was Angst war, aber ihre Angst war eine andere, Marlene fragte sich, ob sie den namenlosen Schrecken, der sie selbst beherrschte, auf ihre Tochter übertragen hatte, ihn ihr vielleicht schon im Uterus aufgebürdet hatte, wieder empfand sie das enorme Schuldgefühl, das sie oft erfasste, wenn sie an ihre Tochter dachte und daran, dass auch sie immer wieder unter schweren Angstzuständen litt.

Der Wasserstrahl prasselte auf ihren Kopf, sie hielt ihr Gesicht den Tropfen entgegen, wollte alles von sich abwaschen, was gewesen war, aber die Gedanken in ihrem Kopf liefen Sturm, ließen sie nicht los. Marlene drehte den Wasserhahn zu, rieb sich trocken, legte sich im Zimmer auf das Bett. Morgen würde sie nach Gakovo fahren, wo sie mehr als zwei Jahre im sogenannten Internierungslager verbracht hatten und von wo aus ihnen letztendlich die Flucht gelang.

Es war im Sommer 1945 gewesen, am frühen Morgen, als die Familie gerade beim Frühstück saß, pochte es heftig an die Haustür, kurz darauf standen drei Partisanen im Wohnzimmer, sie wurden aufgefordert, das Haus mit etwas Gepäck innerhalb von fünf Minuten zu verlassen, dann standen sie auf der Straße, man trieb sie gemeinsam mit vielen anderen auf den Sportplatz ihres Heimatortes, währenddessen wurden zahllose Häuser geplündert, Kissen und Decken flogen über ihre Köpfe, Gänse und Hühner liefen frei umher, in den Ställen brüllte das nicht gefütterte Vieh. Am Sportplatz war eine provisorische Meldestelle eingerichtet worden, dort wurden alle in Arbeitskräfte, alte Leute und Frauen mit kleinen Kindern eingeteilt. Gellend brüllten die Partisanen ihre Befehle, und als sie sahen, dass Marlene nicht nur mit ihrer Mutter, sondern auch mit ihrer Großmutter dort stand, gab einer die Order, die Mutter zu jenen einzuteilen, die in ein Arbeitslager gebracht würden. Er packte sie schon am Arm, doch Marlene begann zu schreien und sich an die Mutter zu klammern, und sie klammerte so fest und schrie so laut wie nie zuvor in ihrem Leben, das machte einen anderen Serben, der die Mutter kannte, aufmerksam, und er kam hinzu, begann mit dem Kommandanten zu reden, der sich erweichen ließ, so konnte sie bei Marlene bleiben.

Danach mussten sie zu Fuß nach Filipowo gehen, wo sie in Häusern untergebracht wurden. Das gesamte umzäunte Dorf war Gefängnis, doch sie hatten in den Häusern zu bleiben, auf die Straße zu gehen war streng verboten. Marlene, ihre Mutter und ihre Großmutter teilten sich ein Zimmer von rund zwanzig Quadratmetern mit siebzehn anderen, das Zimmer hatte keine Betten, keinen Tisch, keinen Stuhl, sie breiteten Stroh auf dem Fußboden aus, begrenzten es in der Länge und Breite von Betten mit Ziegelsteinen, die sie aus den verfallenden Mauern im Hof des Hauses herausgebrochen hatten, dort schliefen sie in den Kleidern, zugedeckt mit ihren Mänteln. Frühmorgens, mittags und abends rollte ein Essenswagen durch das Lagerdorf, fast immer wurde Erbsensuppe ausgegeben, sie bekamen jeder einen Schöpfer voll in einem Blechnapf, in der Suppe schwammen Käfer, die fischten sie heraus, bevor sie aßen. Marlenes Mutter schickte man in die Küche, dort hatte sie gemeinsam mit drei anderen Frauen für die Partisanen zu kochen, Marlene blieb mit der Großmutter, die zunächst noch bei ihr bleiben durfte, in dem Zimmer, in dem sich andere Kinder und Großmütter drängten und in das immer wieder Partisanen eindrangen. Sie leerten die Rucksäcke ihrer Gefangenen, nahmen sich die besten Stücke, in unregelmäßigen Abständen trieb man die Lagerinsassen vor die Häuser, stellte sie nach Alter auf, drohte den Müttern, ihnen ihre Kinder wegzunehmen, holte einzelne Frauen heraus, brachte sie weg, wenn sie wiederkamen, war ihre Kleidung zerrissen, ihre Gesichter verquollen, ihre Münder verschlossen.

Marlene hatte eine diffuse Erinnerung an die Atmosphäre der ständigen Angst und Anspannung, die im Lager Filipowo geherrscht hatte, sie wusste noch, dass viele der älteren Leute dort schnell gestorben waren – die meisten an Hunger. Sie selbst hatte dort noch kaum Hunger gelitten, weil die Mutter oft heimlich aus der Partisanenküche etwas Besseres mitbrachte, so hatten sie zur Erbsensuppe hin und wieder auch ein Ei, eine Tomate oder sogar ein kleines Stück Speck gehabt, doch diese Zeiten endeten, als das Lager Filipowo im Herbst 1945 aufgelöst wurde und nur noch die Arbeitskräfte dort verblieben, während alte Leute und Mütter mit Kindern im Viehwaggon nach Gakovo verbracht wurden.

Marlene hatte Angst davor, diesen Ort wiederzusehen, fürchtete, dort die Beherrschung zu verlieren, die mühsam errichtete Beherrschung, die ihr ganzes Leben bestimmte. Sie warf sich auf dem Hotelbett unruhig von einer Seite auf die andere, blickte auf die Uhr, wünschte, es wäre schon Zeit, Klara zum Abendessen zu treffen, mit ihr über Belanglosigkeiten zu plaudern, es hielt sie nichts mehr im Bett. Sie stand auf, zog sich für den Abend an, ging wieder ins Badezimmer, wusch sich das Gesicht und die Hände, danach war es immer noch nicht Zeit, Klara zu treffen, Marlene beschloss, etwas Unerhörtes zu tun, sie ging allein hinunter in die Hotelhalle und orderte einen Drink. Der Kellner brachte ihren Martini auf Eis, sie nippte an dem kühlen Getränk, sah sich in der Halle des Hotels um, in der sich fast nur Serben befanden. Ob sie wohl wussten, was damals in ihrem Land geschehen war, überlegte Marlene, dann sah sie Klara die Treppe herunterkommen, auch sie hatte sich hübsch gemacht, trug ein buntes Sommerkleid, kam freundlich auf ihre Mutter zu, sie beschlossen, an diesem Tag auf der Hotelterrasse zu essen. Noch gegen Mitternacht atmete die Luft Dunst und Hitze, immer wieder musste Marlene ihre Tochter ansehen, ein Leben ohne sie konnte sie sich nicht vorstellen, sie und Gregor gaben ihr Sicherheit, ein Gefühl der Geborgenheit und des Glücks, sie bereute nicht, in Österreich geblieben zu sein, das, was sie bisher von ihrer alten Heimat gesehen hatte, machte es ihr leicht, kein Bedauern darüber zu empfinden, dass sie geflohen waren und sich in Wien ein neues Leben aufgebaut hatten, auch wenn sie so großen Besitz verloren hatten und den gesellschaftlichen Status, den sie einmal gehabt hatten, in der neuen Heimat nicht wieder erreichen hatten können.

Fast alles war wieder gut geworden, dachte Marlene, wenn es auch lange Zeit nicht danach ausgesehen hatte. Ihr erster Fluchtversuch war nicht der einzige gewesen, noch zweimal hatten sie vergeblich versucht, dem Lager zu entkommen, beide Male waren sie wieder aufgegriffen und nach Gakovo zurückgebracht worden, erst als die Situation in den Lagern untragbar geworden und die serbische Regierung mit den Ungarn ein stilles Übereinkommen, die Deutschen gehen zu lassen, getroffen hatte, war auch ihnen ein Wegkommen möglich gewesen. Das Übereinkommen sah vor, dass serbische Führer die Deutschen gegen ein sogenanntes Kopfgeld an die Grenze bringen und sie dort den Ungarn übergeben würden, das Kopfgeld teilten sich Serben und Ungarn.

Die Flucht gelang 1947, ihr voraus gingen langwierige Bemühungen von Marlenes Mutter, an Geld zu kommen. Eine ihr gewogene Lagerinsassin aus Hodschag, die mit einem der Wächter befreundet war und das Lager daher immer wieder verlassen konnte, hatte der Mutter die wertvolle Füllfedersammlung aus dem Papiergeschäft, die sie bei einer ungarischen Freundin und Nachbarin deponiert hatte, von einer ihrer Heimfahrten gebracht, und der Mutter, die perfekt serbisch und ungarisch sprach, war es gelungen, die Ware an die Soldaten zu verkaufen. So war es ihr möglich, in jenem tiefen Winter, da sie gemeinsam mit achtzig anderen noch einmal die Flucht wagten, das Kopfgeld aufzubringen, doch erst nachdem der Lagerkommandant seine Zustimmung zu der abgekarteten Sache gegeben hatte, konnten sie den Weg antreten. Den Weg antreten hieß wieder über die Felder, an einem klirrend kalten Tag, sie sanken bis zum Bauch in den Schnee ein, binnen Kurzem waren ihre Schuhe und Kleider völlig durchnässt, aber als sie die ungarische Grenze erreichten, durften sie sie wirklich ohne Weiteres passieren, die Grenzbeamten hatten ihren entsprechenden Anteil bekommen.

In Ungarn angekommen, zerstreuten sich die Achtzig, die zusammen das Lager verlassen hatten, Marlene und ihre Mutter kamen bei einem befreundeten Pfarrer auf einem Gutshof unter, dort konnten sie im Stall schlafen und bekamen zu essen. Marlene konnte sich noch ganz genau daran erinnern, wie herrlich die Milch und die süßen Kartoffeln geschmeckt hatten, es war vielleicht das beste Essen, das sie in ihrem ganzen Leben genossen hatte.

Am nächsten Morgen waren sie zu Fuß nach Hercegszántó gegangen, dort hatte der Bruder der Mutter, der das Land schon vor dem Einmarsch der Partisanen mit Geld und Gut verlassen hatte und nach Österreich gegangen war, etwas Geld für sie hinterlegt, damit konnten sie mit dem Schlitten bis nach Gara fahren, von dort aus weiter nach Budapest, wo sie auf Zimmersuche gingen. Die Straßen der Stadt erschienen ihnen bekannt und unbekannt zugleich, vor dem Hotel Continental, das sie aus besseren Zeiten kannten, blieb die Mutter kurz stehen, dann packte sie Marlene fest am Arm und nahm den Weg in kleinere Gässchen, in einer kleinen Pension bekamen sie ein Zimmer, und die Mutter versuchte alles, um eine legale Weiterfahrt nach Österreich zu organisieren, doch es gelang ihr nicht, und als das Geld, das sie von ihrem Bruder bekommen hatte, zu Ende ging und sich keine Lösung abzeichnete, brachen sie nach Hegyeshalom auf, dort wollten sie im Viehwaggon heimlich nach Österreich ausfahren. So saßen sie dann im Wartesaal des Bahnhofs von Hegyeshalom, gegen sechs Uhr abends wurde es finster und war es so weit, sie kletterten in den Transportwaggon eines Zuges Richtung Österreich, schlossen die Türen und warteten auf die Abfahrt, doch der Lokführer hatte sie beobachtet, und bevor der Zug anfahren konnte, rissen er und ein Polizist die Waggontür auf und brüllten sie an, sie müssten sofort aussteigen. In Marlene war wieder die Angst hochgekrochen und sie drückte sich fest an die Mutter, die nach außen hin weiter ihre Gelassenheit bewahrte. Mit ruhiger Stimme sagte sie, sie müssten sie schon erschießen, um sie hier herauszubekommen und redete weiter, bis die vorgeschriebene Abfahrtszeit des Zuges erreicht war, da zogen die Männer ab, doch Marlene hatte gehört, wie der eine zum anderen sagte, dass sie den Zug auf halber Strecke anhalten und sie dann hinauswerfen würden. Als der Zug tatsächlich nach einer halben Stunde Fahrt stehen blieb, wurde die Waggontür von einem österreichischen Grenzgendarmen aufgerissen, das Land habe schon genug Flüchtlinge, sie bräuchten keine Leute ohne Papiere und ohne Geld, bellte er die Mutter an, Marlene hatte das Gefühl, sie warte auf etwas, und wirklich kam dann ein russischer Offizier, der dem grausamen Spiel ein Ende machte. Die Tür sei sofort zu schließen, die Frau und das Kind nach Österreich mitzunehmen, sagte er scharf in gebrochenem Deutsch, der Österreicher gehorchte, die Tür schloss sich, der Zug setzte sich in Bewegung, und als er wieder stehen blieb und nicht weiterfuhr, warteten Marlene und ihre Mutter noch eine lange Weile ganz still in die Ecke des Waggons gedrückt, bevor die Mutter vorsichtig die Tür öffnete.

Sie standen auf dem Bahnsteig des Wiener Südbahnhofs, und der erschien Marlene ungeheuer riesig, sie fühlte sich winzig klein mit ihrem Fetzenbündel unter dem Arm, und beide irrten sie zunächst ziellos in dem Gebäude herum, dann erbettelte sich die Mutter eine Münze für den Telefonautomaten und rief ihren Bruder an.

Mit dem Taxi fuhren sie zur Wohnung von Marlenes Onkel und Tante, der Fahrer brachte sie quer durch die riesige Stadt voll imposanter hoher Häuser in den neunten Bezirk, dort wartete die Tante schon vor dem Haus, bezahlte das Taxi, brachte sie hinauf in eine Wohnung mit Teppichen und richtigem Mobiliar, sie bekamen ein Zimmer für sie beide. Später kochte die Tante ihnen Maissterz, eine Heimatspeise, fett und gut, Marlene wusste noch, dass sie am liebsten den ganzen Inhalt des Topfes gegessen hätte, doch ihr Magen war so klein geworden, dass sie nur wenig von dem guten Essen verzehren konnte, dann durfte sie schlafen gehen, in einem richtigen Bett.

Dorthin wollte Marlene auch jetzt, in ihr weiches Hotelbett, sie war todmüde.

9

Spät in dieser Nacht lag Klara noch wach, sie konnte keinen Schlaf finden, in ihr spukten die Eindrücke dieses langen Tages, an dem sie so vieles von dem, was Mama so spät erst erzählt hatte, mit eigenen Augen hatte sehen können, sie dachte an den ihr bislang unbekannten Brief, der Aufschluss geben sollte über den Verbleib des Großvaters, immer wieder griff sie nach dem grüngläsernen Döschen, das die Mutter ihr in der Kapelle gegeben hatte, sie betastete die kleine Figur des Heiligen Antonius und versuchte, sich den Miniaturrosenkranz durch die Finger rinnen zu lassen. Sie selbst hatte nie Interesse an Devotionalien gehabt, wie sie auch an Kirchenangelegenheiten nichts fand, doch sie hatte von dem Faible der Mutter dafür gewusst, hatte immer ihren tief verankerten Glauben gespürt, wenngleich Mama auch darüber nie geredet hatte, jetzt aber wusste Klara ein wenig mehr, woher diese ebenso naive wie tiefe religiöse Überzeugung kam. Am frühen Nachmittag in der Kirche von Odžaci hatte die Mutter auch vom *Zinnglöckle* erzählt, das in ihrer Heimat immer geläutet wurde, wenn jemand verstorben war. Nach dem Läuten sei der Pfarrer aus der Kirche getreten und habe verkündet, wen der Tod zu sich gerufen hatte, hatte sie gesagt, und mit glänzenden Augen hatte sie Klara geschildert, wie sie immer sofort hinausgelaufen war, wenn sie das *Zinnglöckle* gehört hatte, und wie sie dann, allein oder mit einer Freundin zum Haus des Toten gegangen war und dort Weihwasser verspritzt hatte. Hätte Mama ihr das in Wien erzählt, so hätte sie, die bis dahin so gut wie nichts über diese alten Kirchengebräuche gewusst hatte, sie damit gewiss geneckt, und dafür schämte sie sich jetzt.

Die Mutter, die sie kannte, seit sie auf der Welt war, wie gut kannte sie sie wirklich? Was wusste sie über ihre innersten Anschauungen, ihre Beweggründe, ihre Bedürfnisse? Ja, sie war eine konservativ denkende Frau, die bewahren wollte, was es ihr zu bewahren galt, sie wollte anderen, ungeachtet ihrer Herkunft und Überzeugungen, Gutes tun, und sie hatte schon sehr früh den Wunsch gehabt, Ärztin zu werden, hatte als Kind alles Mögliche zu Operationsbestecken umfunktioniert und ihre Puppen damit operiert, das wusste Klara, und eine lähmende Traurigkeit überkam sie, als sie daran dachte, wie schnell sich die Fragen, was aus Mama einmal werden sollte, nicht mehr gestellt hatten. Kurz nach ihrer Ankunft in Wien hatte Klaras Großmutter zuallererst im Büro ihres Bruders geputzt, danach hatte sie eine Stelle als Toilettenfrau in einem Kino bekommen, Mama hatte einmal erzählt, dass sie Abend für Abend mit einer Handvoll Kleingeld, das die Leute liegen gelassen hatten, nach Hause gekommen war, es sorgsam in eine Dose gesteckt, und wenn diese vollgefüllt gewesen war, sie geleert und damit etwas Schönes für sich und ihre Tochter gekauft hatte. Einmal, so Mama, war es ein Radio gewesen, und die Mutter war fasziniert vor dem Lautsprecher des Geräts gesessen, das neutrale Nachrichten erklingen ließ, während es ihr selbst die größte Freude gemacht hatte, zu der wunderbaren Musik, die ebenfalls aus dem Radio schallte, auf dem Bett auf und ab zu springen.

Als sie 1952 die österreichische Staatsbürgerschaft erhalten hatten, hatte Großmutter als Kassiererin an die Kasse des Kinos wechseln können, denn die Besitzer der Lichtspiele in der Innenstadt hatten rasch erkannt, welche Fähigkeiten eigentlich in ihr steckten. Ja, Kinokassiererin war die Großmutter dann auch noch gewesen, als Klara endlich so alt gewesen war, dass sie Filme im Kino ansehen hatte dürfen, und es war für sie immer ein großes Erlebnis gewesen, wenn sie mit der Mutter oder dem Vater gemeinsam in der besten Loge des Saals gesessen war, in den Händen ein Säckchen mit Süßigkeiten, das ihr die Großmutter noch zugesteckt hatte. Später, als Klara schon zu studieren begonnen hatte, war sie stolz auf ihre Enkeltochter gewesen, denn *Nur das, was man im Kopf hat, kann einem nicht weggenommen werden* hatte sie stets gesagt, diese Frau, über deren Anschauungen, Beweggründe und Bedürfnisse Klara noch viel weniger wusste als über die Mamas.

10

In dieser Nacht träumte Marlene wieder vom Lager, sie sah die Partisanen mit Gewehren im Anschlag in ihr Zimmer kommen, wo sie zu zwanzigst auf Stroh lagen, die kleineren Mädchen und Knaben zitternd vor Angst, dass man ihnen die Mütter wegnehmen würde, die größeren Mädchen, das Haar zu Kinderzöpfen geflochten und auf dem Dachboden unter Maispflanzen versteckt, damit man sie nicht finden konnte, die Mütter mühsam die Beherrschung wahrend.

Wieder und wieder kamen die im Traum verzerrten Bilder von jenem Abend, da ein Partisane bei einer Frau zwei Eier fand, die sie versteckt gehalten hatte, mit Gewalt riss der Mann die Frau von ihrem Lager hoch und stellte sie an die Wand, dann trat er ihr so lange in den Bauch, bis sie bewusstlos zusammenbrach. Marlene schreckte aus dem Traum hoch, unmittelbar spürte sie wie damals die entsetzliche Angst, die sie um die Mutter gehabt hatte, vielleicht hatte sie auch etwas zu essen aus der Küche versteckt gehalten und wäre die Nächste, die halb tot getreten würde, dachte sie, dann wurde ihr bewusst, wo sie war, und sie richtete sich schweißgebadet in ihrem Bett auf.

Es war fünf Uhr morgens, für acht Uhr hatte sie sich mit Klara zum Frühstück verabredet, bis dahin waren es noch drei Stunden, an Schlaf war nicht mehr zu denken, Marlene stand auf, ging ins Bad und stellte sich vor den Spiegel, sie versuchte sich vorzustellen, wie sie als neunjähriges Mädchen mit zerrissener Lagerkleidung und zu kleinen Schuhen ausgesehen haben mochte, aber sie kannte nur die wenigen Fotos aus einer glücklicheren Zeit, die sie als Kind reicher Eltern zeigten, in süßem Rüschenkleidchen mit einer riesigen Masche im Haar und einer wunderschönen Puppe in der Hand. Traurig trat sie vom Spiegel zurück, nahm ihr Buch aus der Handtasche, setzte sich in den Fauteuil, wollte lesen, um sich abzulenken, doch es war noch dunkel, und da sie kein Licht einschalten wollte, blieb sie untätig in dem Stuhl sitzen und zählte nervös die Minuten. Gegen halb sieben kam wieder Leben ins Hotel, sie war froh über die hörbare Geschäftigkeit des nun für alle anbrechenden Tages, dann war es endlich so weit, sie ging in die Hotelhalle, wenig später tauchte Klara auf.

Die Zusammenstellung der Speisen zur ersten Mahlzeit des Tages hier ließ wieder diffuse Erinnerungen in Marlene hochkochen, als sie *Kajmak* auf Weißbrot aß, holten die Bilder vom Neun-Uhr-Frühstück ihrer Eltern im Büro der Druckerei sie ein, um sich anderswohin zu bringen, beobachtete sie Klara, die ganz in sich zurückgezogen schien und kaum etwas sagte, nur schwarzen Kaffee trank und eine Zigarette nach der anderen rauchte.

Klaras leidenschaftliches Rauchen machte Marlene Angst, und sie fragte sich, wann ihre Tochter dieses Laster jemals aufgeben würde, doch sie sagte nichts, wie sie überhaupt nie etwas sagte, wenn sie etwas störte oder beunruhigte, und als Klara die letzte der fünf Zigaretten, die sie innerhalb einer Dreiviertelstunde geraucht hatte, ausdrückte und zum Aufbruch drängte, stand Marlene wortlos von dem Tisch auf, wenig später saßen sie wieder im Auto.

Am Himmel standen schwarze Wolken, als sie losfuhren, schnell hatten sie Sombor verlassen, waren wieder auf der Landstraße, sie fuhren Richtung Norden, der Wagen holperte über den Weg, Marlene versuchte, sich mit plapperndem Reden vor ihrer Angst zu retten, sie sprach von Wien und davon, was sie alles zu tun hätte, wenn sie zurückkämen, sie redete vom Küchenherd, der repariert werden musste, von der Hausfassade, die neu zu streichen war, von Arztbesuchen, zu denen sie Gregor begleiten wollte, in Wahrheit wünschte sie, sie würden den Ort, an dem sich das Schreckenslager befunden hatte, nicht finden, sie wünschte, sie wären gar nicht hergekommen.

Der Himmel wurde immer dunkler, gelbgraue Gewitterwolken hingen dicht am Horizont, es begann leicht zu regnen. Die Scheibenwischer quietschten über die Windschutzscheibe und wischten die dicken Tropfen, die darauf gefallen waren, weg, kurz darauf folgte ein Donner, der Himmel öffnete seine Schleusen und es begann zu regnen. Binnen kürzester Zeit war die Straße mit Wasser bedeckt, die Reifen ihres Wagens pflügten durch das Nass, Regentropfen prasselten auf das Autodach, bei diesem Wetter würden sie nicht aussteigen können, dachte Marlene, erleichtert dankte sie Gott, der sie erhört hatte, doch kaum hatte sie befreit durchgeatmet, wurde der Regen schwächer und es hörte auf zu blitzen und zu donnern, als sie plötzlich das Ortsschild von Gakovo wahrnahm. Ihr Herz begann laut zu schlagen, ihre Hände zitterten, sie griff schnell nach Klaras Hand und drückte sie, ihre Tochter erwiderte den Druck fest und gut. Sie waren in dem Straßendorf angekommen, Klara drosselte das Tempo, fuhr langsam die Straße entlang. Rund um Gakovo waren damals hohe Zäune aufgezogen worden, die Gefangenen waren in den leer stehenden Häusern des Dorfes untergebracht worden.

In stockdunkler Nacht waren Marlene, ihre Mutter und ihre Großmutter am Bahnhof des Ortes angekommen, es war Dezember und eisig kalt, der Wind pfiff um die Ecken der Häuser, Hundegebell klang schaurig durch die Dunkelheit. Sie tappten durch die Finsternis in das Dorf hinein, mussten sich selbst einen Unterschlupf suchen, in jener Nacht wies man sie überall ab, sie mussten in einer Hofeinfahrt auf nacktem Stein übernachten und froren so sehr, dass an Schlaf nicht zu denken war, Angst hielt sie fest umklammert. Am nächsten Morgen machte die Mutter sich noch einmal auf die Suche nach einem Platz für sie, erst im letzten Haus am Dorfende fand sie ein Zimmer, in dem noch zwei Plätze frei waren, ein alter Mann, der typhuskrank und halb tot war, wurde einer ihrer Zimmergenossen.

Klaras Wagen fuhr langsam im sanft fallenden Regen durch den Ort, ein hässliches Dorf mit unzähligen verfallenden Häusern, wie damals bellende, herrenlose Hunde, die ziellos umherliefen, kein Mensch auf der Straße. Marlene wurde wieder unruhig, da fragte Klara, ob sie ihr nicht erzählen könnte, wie sie ihre Tage im Lager verbracht hatten, doch Marlene konnte ihr keine Antwort geben, sie wusste nicht, was sie zwei Jahre lang dort *getan* hatte.

Ja, die Mutter hatte sie und die anderen zwei Kinder *ihres* Zimmers so oft sie konnte im Lesen, Schreiben und Rechnen unterrichtet, und in der Hauseinfahrt und im Hof des Hauses hatten sie gespielt, aus dem Lehm des Bodens hatten sie Kugeln geformt, Löcher in die Erde gegraben und so ein Murmelspiel fabriziert, und aus abgegessenen Maiskolben hatten sie sich Puppen gemacht, die Fruchtfäden oben am Kolben zu Zöpfen geflochten und Holzstäbchen als Arme mit Bindfaden angebracht, einmal zu Weihnachten hatten sie sich aus einem Besenstiel, an den sie ein paar dürre Ahornbaumäste banden, an die sie aus altem Papier gebastelte Sterne hängten, einen Weihnachtsbaum gemacht, sonst konnte sich Marlene an nicht viel erinnern, nur an die ständige Angst, in der sie gelebt hatten – Angst vor den nächtlichen Zimmerkontrollen der Partisanen, Angst vor dem Tod, Angst, dass man ihr die Mutter wegnehmen würde, die Mutter, die ohnehin nur bei ihr bleiben hatte dürfen, weil sie sich dazu verpflichtet hatte, sich neben ihrem eigenen auch noch um neun andere Kinder, deren Mütter Feldarbeit verrichten mussten, zu kümmern. Marlenes Großmutter war in einem anderen Viertel des Dorfes, bei den Alten, gewesen, aber nicht lange, die karge Lagerkost hatte ihr bald den Tod gebracht.

Auch sie, Marlene, war im Lager dem Tod sehr nahe gekommen, sie hatte Typhus bekommen, war wochenlang von hohem Fieber und Bauchkrämpfen gequält auf ihrem Strohlager gelegen, niemand hatte mehr an ihre Gesundung geglaubt, nur die Mutter hatte die Hoffnung nie aufgegeben, immer wieder hatte sie ihr Fußwickel gemacht, und ein Serbe, mit dem die Mutter von früher her gut bekannt war, hatte ihr eine Flasche Schnaps geschenkt, den hatte sie Marlene löffel- und stundenweise zu trinken gegeben, doch die Krankheit hatte sie noch wochenlang im Griff gehalten, zwei Jahreszeiten hatten gewechselt, als Marlene ihre ersten

Gehversuche unternommen und einen Stock dazu benötigt hatte, sich an der Wand entlangzutasten.

Marlene sah ein Haus nach dem anderen an sich vorbeiziehen, noch immer war kein einziger Mensch auf der Straße zu sehen, und da war es, das Haus, in dem sie vor mehr als siebzig Jahren gelebt hatten oder besser gesagt dahinvegetiert waren. Sie dachte an ihre Mutter und deren in dieser Zeit so große Stärke, ihren Mut und ihre Geschicklichkeit, mit der sie so viele Dinge, die in Gakovo geschehen waren, vor ihrer Tochter geheim gehalten hatte, Dinge, die sie erst später, dann, als sie ihren Bericht verfasst hatte, preisgegeben hatte.

Marlene hatte erst in Wien von der jungen Frau erfahren, die mit ihrem Baby einen Todessprung in den tiefen Schwenkbrunnen im Hof eines Bauernhauses in Gakovo getan hatte, und von der alten Frau, die einer der Lagerwächter eines Tages aus ihrem Bett gerissen und auf die Straße geschleppt hatte, dort hatte er sie gezwungen, laut zu singen, zu beten und zu tanzen, und er hatte lauthals und dreckig gelacht, das hatte Marlenes Mutter nicht mitansehen können, und sie war hinausgetreten aus ihrem Zimmergefängnis und hatte auf den Ungarn in seiner Muttersprache eingeredet und gesagt, er solle an seine eigene Großmutter denken und daran, wie es ihm ergehen würde, wenn er sähe, dass einer so mit ihr umginge, und tatsächlich hatte der Mann dann von der alten Frau abgelassen.

Marlenes Herz begann wieder laut zu schlagen, ihre Hände zu zittern, sie spürte ihren Blutdruck ansteigen, mit brüchiger Stimme bat sie Klara anzuhalten. Noch immer regnete es leicht und der Himmel war bleifarben, es dampfte und war heiß, beide starrten stumm auf das offensichtlich unbewohnte Haus, in dem Marlene gefangen gewesen war, Klara fragte, ob sie versuchen sollte, das Tor zu öffnen, aber Marlene winkte ab, mit gesenktem Kopf ging sie zurück zum Wagen, setzte sich auf den Beifahrersitz, starrte durch die beschlagene Windschutzscheibe ins Grau hinaus, dachte nichts, konnte nicht denken, wollte nicht denken, der Regen hatte aufgehört.

11

Nahe dem Mahnmal bei Gakovo, das erst vor wenigen Jahren errichtet worden war, brachte Klara den Wagen wieder zum Stehen, sie stiegen aus, mussten sich durch nasses, hohes Gras kämpfen, bis sie vor dem Denkmal standen.

Ein hohes schwarz-weißes Kreuz, um das vier Mahntafeln errichtet waren, zwei in deutscher Sprache, zwei in serbischer.

Hier ruhen unsere donauschwäbischen Mitbürger.
Sie werden für immer in unseren Herzen sein.
Mit der Errichtung des Kreuzes gedenken wir
ihrer in Würde und Ehrfurcht.
Die Donauschwaben stammen von den Kolonisten
ab, die im 18. Jahrhundert von den Habsburgern
in der pannonischen Ebene angesiedelt wurden.
Das Lager Gakovo bestand vom
März 1945 bis Januar 1948.

Die Geschichte eines Volkes in fünf Sätzen, dachte Klara, wer, der nicht wusste, was wirklich geschehen war, wüsste es aufgrund dieses Textes, fragte sie sich, und sie dachte an die Verhungerten, die Erschossenen, die Vergewaltigten, von denen Mama erzählt hatte, sie dachte an die unendliche Angst, die diese Menschen in den Jahren ihrer Gefangenschaft im Lager Gakovo wohl beherrscht hatte, und ein dunkler Zorn überkam sie, die Gebeine ihrer Urgroßmutter lagen in dem Massengrab, das hier, genau hier an dieser Stelle war, und wo stand überhaupt, dass das hier ein Massengrab war?

Mama hatte Kerzen mitgebracht, sie entzündete sie, platzierte sie neben den abgebrannten Lichtern und den verrottenden Blumen, stellte sich mit geradem Rücken vor dem Kreuz auf, schien wieder und wieder die Inschrift auf dem Mahnmal zu lesen.

Die Toten von Gakovo seien in Fetzen gewickelt, auf einen Wagen oder Schubkarren gelegt und hier verscharrt worden, sagte Mama, als ihre Großmutter verhungert war, habe ihre Mutter alles daran gesetzt, ihr ein Einzelgrab zu verschaffen, es sei ihr nicht gelungen.

Klara stand neben ihrer Mutter, zum ersten Mal in ihrem Leben wurde ihr bewusst, dass es an ein Wunder grenzte, dass Mama noch lebte, dass auch *ihre* Großmutter überlebt hatte, mit schweren Beschädigungen freilich, denn die Angst hatte sie für den Rest ihres Lebens nicht mehr losgelassen, die Großmutter hatte nicht allein sein können, immer war sie bei ihrer Tochter und deren Familie gewesen, ihre eigene Wohnung hatte sie nur hie und da aufgesucht, war dann schon wieder bei Mama gewesen, dort war es ihr das Wichtigste gewesen, die Familie harmonisch und symbiotisch zusammenleben zu sehen. Klara hatte ihrer Ansicht nach an den Abenden nicht ausgehen sollen, auch von Papa hatte sie sich gewünscht, er möge immer zu Hause bleiben, dass Mama es tat, hatte sie als selbstverständlich genommen, und sie alle drei hatten sich an die meist unausgesprochenen Wünsche der Großmutter gehalten, ihren Ängsten zuliebe hatten sie sich von ihr sogar fragen lassen, ob sie ihr Zimmer des Nachts auch versperrt halten würden, und so war es gewesen bis zu ihrem Tod, zumindest ein schöner Tod, dachte Klara, die Großmutter war sanft aus dem Leben getreten, während sie genussvoll einen Pfirsich gegessen hatte.

Klara warf einen Seitenblick auf ihre Mutter, die wie erstarrt vor dem Mahnmal stand und keine Regung zeigte, mit einem Mal kamen Klara die Tränen, auch sie starrte auf die Mahntafel und fragte sich, wie viele Tote darunter begraben sein mochten. Etwa zehn Menschen waren jeden Tag im Lager Gakovo gestorben, hatte Mama erzählt, fast drei Jahre lang hatte das Lager bestanden, also mussten es rund Zehntausend sein, die unter dieser Erde lagen, warum hatte man diese Zahl nicht in die Tafel eingraviert, Klara fragte sich, ob sie ungerecht war oder ob sie im Namen ihrer Mutter befriedigt sein sollte, weil es wenigstens die Tafel gab, doch sie konnte es nicht sein, denn was hatten diese nüchternen Sätze, die armseligen Friedhofskerzen und die verwelkten Blumen mit dem Leid zu tun, das so viele Menschen hier erfahren hatten?

Klara fragte, ob sie noch bleiben wollten, Mama schüttelte den Kopf, warf noch einen letzten Blick auf das Mahnmal, dann drehte sie sich um und ging entschlossen durch das hohe, nasse zurück zum Auto, Klara folgte ihr stumm. Als sie beim Wagen ankamen, streunte ihnen ein Hund um die Beine, die Straße war immer noch menschenleer, Klara fragte sich, welche Menschen wohl in diesem gespenstischen Ort wohnten, ob sie wussten, was geschehen war, was sie darüber dachten und wie sie es ertragen konnten, dieses Dorf, das blutige Vergangenheit atmete.

12

Eine improvisierte Amtsstube, zwei Ustascha-Faschisten, ein Beil auf dem Tisch, schon blutverschmiert, und ein roter Strom aus dem Stumpf der rechten Hand des Großvaters, und der Großvater brüllend auf dem blutfeuchten Holzboden sich windend ...

Kalter Schweiß stand auf Jelenas Stirn, wieder diese schreckliche Vorstellung und die noch schrecklichere Ungewissheit: War es so oder anders gewesen, damals irgendwann zwischen 1941 und 1945, in *ihrem* ersten Bürgerkrieg, Mann gegen Mann, als die – wie zwei Millionen anderer Serben – auf kroatischem Gebiet lebenden, *entfernten* Großeltern ins Lager Jasenovac geschafft wurden und dort umkamen? Ja, *entfernt* hatte sie die Großeltern als Kind genannt, aufgrund welcher Eingebung immer, denn entfernt hat die Ustascha sie dann tatsächlich, und zwar von dieser Welt, nachdem man den Großvater gefoltert hatte, wer weiß auf welche Art und wie lange, und den Bruder des Vaters wohl genauso, und was sie mit seiner Schwester getan hatten, bevor sie ihr das Baby wegnahmen? Sie wusste es nicht und wusste auch nicht, ob sie es wissen wollte, wusste nur, dass ihr tägliches kindliches Beten für die *entfernten* Verwandten, von denen sie nur ihre Großmutter ein wenig gekannt hatte, weil sie die Einzige war, die die lange, beschwerliche und teure Reise von Kroatien nach Serbien ab und zu auf sich genommen hatte, um ihren ältesten Sohn und ihre Enkelin Jelena zu sehen, dass dieses Beten also für sie und die anderen nicht geholfen hat, und die Erinnerung an den Tag, da ihr Vater von der Ermordung seiner Eltern, seines Bruders und seiner Schwester erfahren hatte, floss wie rotschießendes Blut immer wieder durch ihre Gedanken und Träume.

Sie war vielleicht sechs oder sieben Jahre alt gewesen, als der Vater mit einem Mal stumm geworden war, ganz stumm, und stumm war es den ganzen Tag geblieben in der Stube, und der Vater hatte jegliches Essen und Trinken verweigert, das die weinende Mutter ihm aufzudrängen versucht hatte, und diese grauenhafte, unerträgliche Stille war in der Luft gelegen, war dort gehangen Stunde um Stunde, da sie mit Vater und Mutter in dem kleinen Zimmer gesessen war und nicht verstanden hatte, was vor sich ging, und der Vater war regungslos am Tisch gesessen, während die Mutter schluchzend auf und ab gegangen war, winzige, elende Runden in dem beengten Raum gedreht hatte, ein paar Schrittchen immer nur, bevor sie sich wieder um die eigene Achse drehen hatte müssen, und der Vater völlig bewegungslos, erstarrt wie zu Stein, und auch Jelena hatte kein Wort zu sagen gewagt, hatte nur stundenlang ihre Stoffpuppe an die Brust gedrückt, hatte an den goldenen Zöpfen ihres Wollhaars gedreht, so lange, bis die Fäden abgerissen waren.

Nicht abgerissen war die unsichtbare Schnur, die sich um ihren Hals gelegt hatte und sie kaum atmen hatte lassen, aber das Schlimmste war gewesen, dass die Zeit stehen zu bleiben schien, Sekunden waren ihr wie Stunden erschienen, Minuten wie Jahre, eine Stunde – ein ganzes Leben, bestimmt von dieser entsetzlichen Stille, nur unterbrochen durch die ab und zu erklingenden erstickten Schluchzer der Mutter, und ihr Weinen war nicht halb so furchterregend gewesen wie das Schweigen des Vaters, der mit einem Schlag Eltern, Bruder, Schwester und Nichte verloren hatte, doch das hatten sie ihr erst Jahre später erzählt, und das Schweigen über das Massaker an ihrer Familie, die wie 85.000 andere gewaltsam im berüchtigtsten KZ der kroatischen Ustascha ums Leben gebracht worden waren, war auch über ihrem Leben hängen geblieben.

Der Bürgerkrieg, der dieses Leid und das Millionen anderer mit sich gebracht hatte, mochte auch von Hitler ausgelöst worden sein, dachte Jelena. Im April 1941 jedenfalls hatte Deutschland Jugoslawien angegriffen, und es hatte wohl keiner großen militärischen Anstrengung bedurft, ihren Staat zur Aufgabe zu zwingen: Nach nur elf Kriegstagen hatte Belgrad am 17. April 1941 kapituliert.

Der jugoslawische Vielvölkerstaat wurde zerschlagen und unter Deutschland und seinen Verbündeten aufgeteilt: Deutschland besetzte den größeren Teil Sloweniens, zwar ohne die Hauptstadt Ljubljana, die mitsamt der dazugehörigen Provinz ebenso wie große Teile Dalmatiens und der dalmatinischen Inseln von Italien annektiert wurde. Montenegro sollte als »unabhängiger« Staat unter italienischem Protektorat wieder auferstehen, und das ebenfalls von Italien regierte Albanien hielt sich am größten Teil des Kosovo, dem westlichen Mazedonien und einem Streifen zwischen Montenegro und Albanien schadlos. Bulgarien nahm sich den größeren Teil Mazedoniens, Teile Süd- und Ostserbiens und den Rest des Kosovo. Ungarn gliederte die nach dem Ersten Weltkrieg verloren gegangenen Gebiete des historischen Südungarns, namentlich die Backa und die Baranja wieder ein und erweiterte sein Territorium zudem um Medimurje und Prekmurje. Serbien – ungefähr in den Grenzen vor den Balkankriegen – und das serbische Banat kamen unter deutsche Militärverwaltung. Kroatien-Slawonien mit Syrmien und ganz Bosnien-Herzegowina bildeten schließlich den »Unabhängigen Staat Kroatien« (NDH).

So beschrieben die Historiker heute das Chaos, das durch Hitlers *Neuordnung* des Balkans geschaffen worden war, und in dem keiner mit keinem mehr gut leben konnte.

So war es auch zu den entsetzlichen Ereignissen in Jasenovac gekommen, wo ihre *entfernten* Verwandten getötet wurden – weil sie Serben waren. Die Ustascha hatte den Plan gehabt, mit allen möglichen legalen und illegalen Mitteln einen großkroatischen, ethnisch *reinen* Nationalstaat zu errichten. So war es jedenfalls schon 1933 in ihrem Programm gestanden, doch der NDH war ebenso wenig wie das gerade zerstückelte Königreich Jugoslawien ein Nationalstaat gewesen:

Lediglich etwas mehr als die Hälfte der rund 6,5 Millionen Einwohner waren Kroaten, daneben lebten annähernd zwei Millionen Serben, ungefähr 800.000 Bosniaken, über 150.000 Deutsche, knapp 40.000 Juden und rund 200.000 Angehörige anderer ethnischer Gruppen im neu geschaffenen Staat. Die Ustascha bediente sich dreier Mittel, um das Ziel eines ethnisch »reinen« Kroatiens zu erreichen; Mittel, die sich in ihrer Grausamkeit und Unmenschlichkeit kaum von den Methoden der Nationalsozialisten unterschieden, und die da waren: Erstens die Massenexekution von Serben, Juden und Roma, zweitens die »Rekatholisierung«, das heißt »Kroatisierung« eines Teils der orthodoxen Bevölkerung und drittens die Zwangsaussiedlung von Serben.

Insgesamt sollen auf dem Territorium des NDH 613.000 Menschen umgekommen sein. Darunter befanden sich laut zuverlässigen Berechnungen 322.000 Serben.

45.000 bis 52.000 Serben mussten im Lagerkomplex Jasenovac ihr Leben lassen. Neben den Massenexekutionen kam es schon seit April 1941 zu Deportation und von wüsten Gewaltexzessen begleiteten Vertreibungen von Teilen der unerwünschten Bevölkerung. Bereits bis Jahresende 1941 mussten mehr als 200.000 Serben aus dem NDH infolge Repression, Terror und Verfolgung seitens der Ustascha ihre Heimat verlassen, und wohl zwischen 250.000 und 300.000 Serben dürften »rekatholisiert« und damit aus Sicht der Exekutoren »rekroatisiert« worden sein.

Das waren die Zahlen und Fakten, hinter denen sich Millionen von Einzelschicksalen verbargen. Jelenas Vater, der als Kind noch mit seinen Eltern, seinen fünf Brüdern und seiner Schwester in großer Armut auf kroatischem Gebiet lebte, war dem entkommen. Entkommen, weil er intellektuell begabt war, als guter Schüler in allen Gegenständen, mit einer schönen Handschrift beschenkt, zunächst als kleiner Finanzbeamter, dann als Gendarm arbeiten und schließlich mit Unterstützung eines Freundes Kroatien verlassen und in Odžaci einen Posten als Gerichtsvollzieher bekommen hatte können. In den Krieg aber hatte auch er ziehen müssen, doch nach der Kapitulation Jugoslawiens war er mit ein paar Kameraden zusammen nach Hause zurückgekehrt. Sie hatten die Gewehre weggeworfen und sich nachts zu Fuß auf den Heimweg gemacht, sich bald verloren, der Vater war allein weiter über die Felder in Richtung seines Heimatortes gestapft und dort angekommen, auf die Ungarn als neue Machthaber gestoßen. Mittlerweile war in Odžaci Ungarisch die neue Amtssprache gewesen, eine Sprache, die Jelenas Vater nur bruchstückhaft sprach, sodass er nicht mehr als Beamter arbeiten hatte können und mit sechsunddreißig Lebensjahren pensioniert worden war. Das Leben war für die Familie also noch ärmlicher geworden und das Überleben härter, damit sie wenigstens essen konnten, hatte die Mutter begonnen, für die reichen Leute zu stricken. Jelena dachte daran, wie eines Tages ein junger Mann gekommen war und einen Pullover bei der Mutter in Auftrag gegeben hatte, er hatte blütenweiße Angorawolle dafür mitgebracht und in einem kleinen Koffer weißes Mehl für die Familie, und sie hatten ihn von da an den Mehlmann genannt und über seinen weibischen Modegeschmack ebenso gelächelt wie über die korpulente Frau Bauer, die sich eine Weste aus Wolle anmessen hatte lassen, dabei hatte Jelenas Mutter kaum gewusst, wie sie angesichts der Leibesfülle der alten Frau das Maßband handhaben sollte.

Später, 1944, als die Deutschen und ihre Alliierten sich zurückgezogen und die Rote Armee gekommen war, war das Leben für die Serben auch nicht besser geworden. Wieder waren Menschen getötet, Frauen vergewaltigt, Häuser geplündert worden, und über Unrecht hatte man schweigen müssen. Jelena erinnerte sich, dass alle deutschen Mädchen und jungen Frauen aus der Nachbarschaft jede Nacht am Dachboden des Gasthauses eines Serben, der es verstand, mit den Russen umzugehen, versteckt werden hatten müssen, sie wusste noch, wie russische Soldaten die Wörter *Min njet* – Keine Mine – in großen roten Lettern auf einzelne Häuser gemalt hatten, das war der Freibrief und die Versicherung für alle anderen gewesen, die plündern wollten, sie hatten es mit aller Konsequenz, derer sie fähig waren, getan.

Das war das eine, und das andere war, dass eines Tages ein russischer Offizier an die Haustür von Jelenas Elternhaus geklopft hatte und dann in seiner imposanten Uniform und mit einer großen Pistole bewaffnet eingetreten, sofort auf das Mädchen zugekommen war und von ihrer Mutter gefordert hatte, das Radio einzuschalten. Ihr hatte das Herz vor Angst zu rasen begonnen, doch er hatte ihren Kopf sanft gestreichelt, gesagt, dass er eine kleine Tochter wie sie zu Hause hätte, und als die Mutter – auch voll der Angst – gestanden hatte, dass sie kein Radio besäßen, hatte er wortlos kehrt gemacht, war wenig später zurückgekommen und hatte ihnen einen beeindruckenden Radioapparat geschenkt, der mit dünnen Kupferdrähten und einer Antenne funktionierte und der später in Jelenas Besitz übergegangen war. Sie hatte jahrelang Nachrichten darauf gehört, auch als er schon so kaputt gewesen war, dass man mit der Faust darauf schlagen musste, damit er *ansprang*, hatte sie sich nicht davon trennen können, und sie besaß ihn heute noch – als sentimentale Rarität vielleicht oder als Erinnerung an einen Menschen unter vielen Unmenschen.

Mensch zu bleiben war schwer gewesen in diesen Zeiten, doch was wussten Marlene und ihre Tochter von all dem, fragte sich Jelena. Nichts, so dachte sie weiter, und sie sollten auch nichts davon erfahren, sollten sich auf das Ihre besinnen können, würden wohl auch nichts wissen wollen von fremdem Leid, hatten sie doch genug eigenes, und wer wollte schon vergleichen, welches Leid schwerer wiegt? Sie wollte es nicht.

13

Sie hatten Gakovo verlassen, waren jetzt wieder auf der Landstraße und fuhren zurück in Richtung Sombor. Klaras Wagen ratterte auf der schlecht asphaltierten Straße dahin, mit jedem Kilometer, den sie zurücklegten, fühlte sich Marlene wieder sicherer, ihre Bedrückung wich langsam, sie war froh, dass sie Gakovo hinter sich gebracht hatte, es war ihr, als hätte sie damit etwas erledigt, das lange schon angestanden war, und sie fühlte, dass sie tatsächlich etwas Großes vollbracht hatte, etwas freilich, das sie am liebsten gleich aus ihrem Gedächtnis gelöscht hätte, und sie wusste, dass sie nie wieder hierherkommen wollte und würde, auch nicht in ihr Heimatdorf Odžaci, auch nicht in die Vojvodina oder nach Serbien überhaupt, nein, sie hatte jetzt gesehen, was aus dem Land, in dem sie einmal so glücklich mit ihrer Familie gelebt hatte, geworden war, sie hatte den Verfall der Stätten ihres damaligen Lebens wahrgenommen, und sie war der tiefen Überzeugung, dass hier kein Platz mehr für sie war, sie suchte und wollte auch keinen Platz hier.

Bei einem freundlich wirkenden Gasthaus in einem kleinen Dorf machten sie halt, Kara schlug vor, etwas essen zu gehen, Marlene nickte erleichtert, das würde sie vielleicht aus ihren freudlosen Gedanken reißen.

Das Gasthaus hatte eine Terrasse zur Straße hin, sie stiegen die paar Stufen hinauf, setzten sich unter einen Baum mit staubig grauen Blättern an einen mit einem Plastiktischtuch bedeckten Tisch, eine müde aussehende Frau kam und sagte, es gebe heute Letschoschnitzel oder Bohnenkotelett, beides kannte Marlene nur allzu gut, sie kochte diese Speisen selbst oft, so orderte sie das eine für sich, das andere für Klara, dazu reichten ihre Serbisch-Kenntnisse gerade noch.

Still saßen sie dann unter dem Baum mit den staubigen Blättern, Marlene klebte die Zunge am Gaumen, ihr Kopf war leer, sie hatte nur den Wunsch, ihr Mineralwasser endlich vor sich stehen zu haben, Klara hatte die Zahnstocher aus ihrem Behälter auf den Tisch geleert und zerbrach einen nach dem anderen.

Marlene begann der Schweiß aus den Achseln den Körper hinabzurinnen, sie fächelte sich mit der Landkarte Luft zu, endlich servierte die Wirtin das Essen und die Getränke. Unwillig brachte sie auch noch ein Glas für Marlene, die nicht aus der Dose trinken wollte, dann aßen sie, Marlene verspürte keinen Hunger, aber sie aß, wie sie oft aus einer Art Pflichtbewusstsein heraus aß, grundsätzlich nichts auf dem Teller übrig ließ, auch wenn sie noch so satt war. Nach dem Essen fragte Klara, warum ihre Großeltern denn nicht früher gegangen, nicht rechtzeitig ihr Vermögen gerettet und geflohen waren, Marlene fuhr mit dem Fingernagel auf dem Plastiktischtuch hin und her und antwortete zögernd. Sie hätten ganz einfach nichts Böses erwartet, hätten fest daran geglaubt, dass ihnen nichts passieren würde, da sie mit so vielen Serben und Ungarn gut befreundet waren, mit allen Bevölkerungsgruppen der Gegend die besten Beziehungen gepflegt hatten, es hatte für sie keinen Grund gegeben, Angst vor Verfolgung zu haben, und die Politik habe die Eltern – wie viele andere damals – nicht sonderlich interessiert.

Tatsächlich hatte auch Marlene später nie etwas von Politik wissen wollen, selbst oder vielleicht auch gerade mit ihrer Mutter hatte sie nicht darüber gesprochen, warum all das geschehen war, sie hatten alles ausgeblendet, was mit ihrer Verfolgung und Vertreibung zu tun hatte, und heute noch wollte Marlene nichts von Politik hören, manchmal waren ihr sogar die Fernsehnachrichten, die ihr Mann Gregor unbedingt jeden Tag sehen wollte, zu viel, sie zog sich dann in ihr Zimmer zurück und griff nach einem Buch, das sie weit weg von diesen Dingen bringen sollte. Doch nicht immer hatte sie dem, was sie so sehr zu vermeiden suchte, entgehen können, namentlich dann nicht, als Klara in ihrer frühen Jugend schon begann, sich sehr für die politischen Geschehnisse *ihrer* Zeit zu interessieren.

Gregor hatte gern mit ihr diskutiert, hatte sich die radikalen Gedanken seiner Tochter angehört, hatte mit seiner eigenen Meinung nicht hinter dem Berg gehalten, die beiden waren nicht selten laut dabei geworden, und die Gespräche, die sie so meist sonntags am Mittagstisch miteinander führten, hatten Stunde um Stunde in Anspruch genommen, Stunden, die für Marlene eine Qual waren, Stunden, in denen sie panisch darauf achtete, dass alle Fenster geschlossen waren, sodass nichts von diesen lautstarken Auseinandersetzungen an die Außenwelt dringen konnte. Ja, sie hatte es immer als brandgefährlich empfunden, wenn Gregor und Klara einander die Weltpolitik erläutert hatten, und Klaras Anschauungen hatten sie oft tief beunruhigt, manchmal hatte sie das Gefühl gehabt, ginge ein Polizist draußen vorbei und höre sie reden, würde er sie auf der Stelle mitnehmen, verhaften und ins Gefängnis stecken, so war Marlene bei den politischen Diskussionen in der Familie nur die Bewachung der Fenster und Türen oder die Flucht in ihr Zimmer zu ihren Büchern geblieben.

Heißer Wind fuhr ihnen ins Gesicht, ab und zu löste sich ein Blatt aus dem Baum und fiel auf das Plastiktischtuch, Marlene wischte die gefallenen Blätter wütend vom Tisch, trommelte ungeduldig mit den Fingern auf die Platte, bis Klara zum Aufbruch drängte, sie zahlten und gingen sofort. Die Straße war wieder trocken, im Wagen fühlte sich Marlene sicherer, an ihr flirrte die traurige Landschaft vorbei, es war drei Uhr nachmittags, sie waren auf dem Weg zurück in ihr Hotel, für diesen Tag hatten sie kein Programm mehr,

Marlene verspürte eine absurde Angst, sie konnte sich nicht vorstellen, was sie mit den Stunden bis zum Abendessen, wo sie Klara wieder treffen würde, anfangen sollte. Ihr Kopf war voll mit Erinnerungen an das Lager Gakovo, sie wollte nicht allein sein damit, wollte aber auch nicht darüber sprechen, und sie wusste, sie würde all das auch nicht auf bewährte Art verdrängen können, würde nicht schlafen, nicht lesen, nichts tun können, am liebsten wäre ihr gewesen, mit Klara zusammenzusitzen und über etwas ganz anderes zu reden, über Wien und was sie dort zu tun hatten, aber sie sagte nichts, und ihre Gedanken liefen immer wieder zurück ins Lager. Als sie beim Hotel angelangt waren, war es vier Uhr, noch einmal verspürte Marlene das tiefe Bedürfnis, Klara zu fragen, ob sie sich nicht zum Plaudern mit ihr in die Hotellobby setzen wolle, dann blickte sie ihrer Tochter ins Gesicht, sah müde Züge, Verschlossenheit und Traurigkeit, sie ließ ihren Wunsch Wunsch bleiben, stieg die Treppen zu ihrem Zimmer hoch, schloss die Tür auf, legte sich aufs Bett. Ihr Herz klopfte laut und schnell, sie wünschte unbedingt einschlafen zu können, zugleich hatte sie Angst vor den Träumen, die sie dann vielleicht gefangen nehmen würden, Marlene starrte an die Zimmerdecke, von der ein hässlicher Lüster herabhing, sie konzentrierte sich auf die Lampe, versuchte, die herunterhängenden Glastropfen zu zählen, begann immer wieder aufs Neue, dann schlief sie erschöpft ein. Sie träumte von ihrem Haus in Wien, alles war geschrumpft, geschrumpft bis auf ein winziges Zimmer, in dem sie, Gregor und Klara sich aneinander drängten, die Möbel waren verschwunden, das Zimmer, das ihnen geblieben war, leer. Verzweifelt rannte sie gegen die Mauern an, wollte sie durchstoßen, wo war das Haus geblieben, das sie so liebte, da war nur noch dieses Zimmer und es schrumpfte weiter und weiter, die Wände rückten immer näher aneinander, der Boden knarrte, das Parkett wölbte sich, ein riesiges Loch tat sich im Boden auf, es füllte fast das gesamte Zimmer, und sie alle drängten sich an die Wände, um nicht hineinzufallen, aber das Loch wurde größer und größer, eins nach dem anderen schwanden die Bretter des Parkettbodens, bis nur noch das Loch da war, Marlene fiel in die Tiefe, ihr Körper wurde von einer Kompressionswelle zusammengedrückt, bis sie ganz unten ankam und auf Stroh landete. Unsagbar heiß war ihr Körper, und ihre Mutter fühlte ihren Puls, der kaum zu tasten war, oberhalb des Bauches hatte sie eine schmerzende Schwellung, und ihr Oberkörper war mit roten Flecken übersät. Marlene wälzte sich auf ihrem Strohlager hin und her, vor ihren Augen begann die Mauer zu verschwimmen, sie zitterte vor und zurück, vor und zurück, wurde rot, wurde schwarz, da fasste sie jemand an, der Schmerz, den ihr diese Berührung verursachte, war unerträglich, doch es war die Mutter, und sie hielt ihr einen Löffel mit einer Flüssigkeit vor den Mund und sagte, sie müsse das schlucken. Marlene wollte nicht, sie wollte nur schlafen, endlich einschlafen, den Schmerz wegschlafen, aber die Mutter drängte, auch ihr Gesicht verschwamm ihr jetzt vor Augen, vibrierte vor und zurück, verfärbte sich ebenfalls rot, und dann war es nur noch ein schwarzer Fleck, und da war der Löffel vor Marlenes Mund, und sie öffnete den Mund, der Löffel wurde hineingeschoben, dann brannte eine scheußliche Flüssigkeit ihren Schlund hinunter, Marlene hustete und begann zu jammern, plötzlich spürte sie wieder die Welle der Kompression und sie wurde nach oben geschleudert. Alles rund um sie war weiß, sie war schwindlig, ihre Augen wie verklebt, und sie dachte, sie müsse nur die Augen öffnen, endlich die Augen öffnen, als es ihr gelang, lag sie in ihrem Hotelbett in Sombor, es war sieben Uhr abends.

14

Klara lag auf ihrem Bett, in ihrem Kopf drehten sich Bilder von dem, was sie an diesem Vormittag gesehen hatte, sie versuchte sich vorzustellen, wie es ihr wohl ergangen wäre als Gefangener in diesem Lagerdorf, von hohen Stacheldrahtzäunen umgeben, dauernd bewacht von schwer bewaffneten Männern, ohne Beschäftigung, in steter Angst gehalten, ja, sie kannte Angst nur allzu gut, eine diffuse, unbegründete Beklemmung umfing sie jeden Morgen beim Aufwachen, und sie hatte sich angewöhnt, im Augenblick, da diese Gefühle in ihr hochkamen, sofort aufzustehen und ihre Tagesrituale zu beginnen, damit die Angst, die keine Ursache hatte, nicht weiter anschwellen konnte, Klara wusste nur zu genau, dass sie das tun musste, sie hatte erfahren, welche Macht die grundlose Furcht vor den alltäglichen Herausforderungen, die sie in Wahrheit leicht bewältigte, auf sie ausüben konnte, wenn sie ihr nachgab, und sie kannte auch das Rasen einer Angst, die sie vollkommen überwältigte, einer Angst, die alles andere mit einem Schlag auslöschen konnte, bis nur noch sie da war, die alles beherrschte, die vor allem Klaras Denken regierte, ein Denken, in dem sie nichts anderes mehr zuließ als die

Gedanken an das, was alles geschehen könnte, das Klaras Leben, das sie ebenso sorgsam abgesichert hatte wie ihre Mutter, in Trümmer legen würde.

Klara griff nach ihren Zigaretten und dem Feuerzeug, mit zitternden Händen zündete sie sich eine an, inhalierte den Rauch tief in ihre Lunge hinein, mit wenigen, gierigen Zügen rauchte sie zu Ende, entzündete sofort eine weitere, eigentlich war es im Hotel verboten, auf dem Zimmer zu rauchen, Klara wusste das, sie ignorierte es, vor dem möglichen Ertönen der Sirene eines Rauchmelders und den daraus folgenden Konsequenzen fürchtete sie sich nicht, ihre Angst war eine ganz andere als die ihrer Mutter, die in ihrem Leben noch keine einzige Vorschrift zu übertreten gewagt hatte, es auch niemals wagen würde, Klara entzündete die dritte Zigarette innerhalb einer halben Stunde. Wovor sie Angst hatte, wusste sie nicht, die Angst war einfach schon immer da gewesen.

Wie hatte es so weit kommen können, dass eine ganze, bestens beleumundete und integrierte Volksgruppe so grausam verfolgt worden war, was war geschehen, dass Freunde zu Feinden geworden waren, warum hatten die eigenen Landsleute ihren Großvater verraten? Bis vor Kurzem hatte sich Klara keine Gedanken darüber gemacht, hatte das Schicksal ihrer Mutter unhinterfragt als solches hingenommen, wie sie hatte sie darüber nicht nachdenken wollen, erst im Zuge der Reisevorbereitungen hatte sie begonnen, sich über die politischen Hintergründe jener Zeit in Jugoslawien kundig zu machen. Aus einem Buch, das sie sich eigens für die Reise besorgt hatte, wusste sie, dass viele Donauschwaben beim deutschen Überfall auf ihr Land im Laufe des Balkanfeldzugs in der jugoslawischen Armee gegen die einfallenden Truppen gekämpft hatten, während andere zu dieser Zeit schon geflohen waren. Klara hatte aber auch gelesen, dass die deutsche Minderheit nach der jugoslawischen Kapitulation vom Dritten Reich auffällig begünstigt und dass viele in die berüchtigte SS-Division Prinz Eugen oder in die Waffen-SS rekrutiert worden waren. Später, angesichts des Vormarsches der Roten Armee im Jahr 1944 sollten dann alle evakuiert werden, doch die Evakuierungen aus dem Banat und der Batschka, wo ihre Mutter geboren war, begannen zu spät, das war wohl der Beginn allen Übels gewesen, denn nachdem die Russen und die ihnen nachfolgenden Partisaneneinheiten einmarschiert waren, waren die in der Vojvodina verbliebenen Deutschen kollektiv als Verräter, Volksfeinde und Kollaborateure stigmatisiert und entrechtet worden, die Folgen waren Geschichte.

Bis zum Frühling 1945 wurden rund 120.000 Menschen in die 41 Lager und Dorflager der Vojvodina interniert, 59.335 Donauschwaben, darunter 5.582 Kinder, kamen dort um. Insgesamt wurden schließlich 350.000

Jugoslawiendeutsche ermordet, interniert, evakuiert oder flüchteten, und von den 550.000, die bis 1940 dort gelebt hatten, sind zum gegenwärtigen Zeitpunkt nur noch weniger als 10.000 im ehemaligen Jugoslawien ansässig.

So weit die nüchternen Fakten, doch die sagten noch immer nichts über die Gründe, warum die Nachfolger der Kolonisten, die das Land urbar gemacht hatten, gejagt, vertrieben, getötet wurden, vielleicht lag es an ihrer Andersartigkeit und ihrem Beharren darauf, hatte Klara gedacht, als sie zu recherchieren begonnen hatte, tatsächlich war sie bald auf Einschätzungen der Historiker gestoßen, die den Donauschwaben eine Empfänglichkeit für den Nationalismus konstatierten.

Die Ansiedlung deutschsprachiger Kolonisten in Südosteuropa im achtzehnten Jahrhundert führte zur Herausbildung verschiedener ethnischer Gruppen der Donauschwaben, die Eingrenzung der unterschiedlichen kulturellen Traditionen schuf dabei eine neue kulturelle Identität. Gleichzeitig wurden andere Traditionen ausgegrenzt und als etwas definitiv Fremdes verstanden. Diese Struktur ermöglichte es den Kolonisten, sich einen überschaubaren Raum zu schaffen, der Orientierungsmöglichkeiten bot und ihnen so half, sich in der Fremde zurechtzufinden.

Solches hatte Klara nachvollziehen können. Fremd sein, fremd gekommen sein, in ein Land, das zur damaligen Zeit in vielen Gebieten, in denen sich die Deutschen angesiedelt hatten, nichts als eine unübersichtliche Schlammwüste gewesen sein mochte, ein Land, in dem die Sonne ebenso ungewohnt wie unbarmherzig heiß vom Himmel brannte, ein Land, dessen Leute und Kultur den Siedlern wahrscheinlich unverständlich waren, in diesem Land eine Gegenwelt aufzubauen, das war verständlich, doch andererseits sprachen die Quellen auch von stets guten nachbarschaftlichen Verhältnissen zwischen den verschiedenen Volksgruppen, die sich auch in der Zeit während und nach dem Zweiten Weltkrieg bewährt hätten.

Im Banat etwa waren es Serben, in der Batschka Madjaren und Serben, die den Volksdeutschen so lange und so oft als möglich materiell halfen oder als ihre Fürsprecher auftraten.

Klara blätterte zurück.

Nach der Revolution 1848/49 zeigten sich erste Ansätze zum Aufbau einer deutschen Bewegung, mit Ende des Ersten Weltkrieges und der Aufteilung der Deutschen auf verschiedene Nationalstaaten aber ergab sich, besonders für die Donauschwaben, die gegen den erklärten Willen ihrer

Vertreter nun zu dem neuen Staat Jugoslawien gehörten, eine veränderte Situation. Die vom jugoslawischen Staat betriebene Zwangsassimilation betraf sowohl kulturelle als auch wirtschaftliche Aspekte und bedrohte nicht nur die ethnische Identität, sondern auch den sozialen Status der deutschen Eliten. Die daraus resultierenden Ängste wurden von den donauschwäbischen Führern auf die Existenz der Donauschwaben insgesamt übertragen.

Die deutschen Eliten – hatten ihre Vorfahren mit ihren weiten Besitzungen und ihrem großem Wohlstand dazugehört?, fragte sich Klara, hatten sie den Neid anderer auf sich gezogen, oder waren sie selbst prahlerisch damit umgegangen? Wenn sie an ihre verstorbene Großmutter und Mamas Schilderungen über ihren Vater dachte, konnte sie sich das nicht vorstellen, und dass die Großeltern gar zur politischen Elite gehört hätten, wusste sie ausgeschlossen.

Im Verlauf des Zweiten Weltkriegs wurden die Donauschwaben definitiv zur »deutschen Volksgruppe«, zu einem Teil des deutschen Volkes gemacht, und der Überfall der deutschen Wehrmacht im April 1941 hatte katastrophale Folgen für sie. Den daraufhin ausgebrochenen jugoslawischen Partisanenkrieg und seine Brutalität erklärt man sich heute mit sozialen Missständen, aufgestautem Nationalitätenhass, dem damaligen Bestehen einer großserbischen und kommunistischen Ideologie, vor allem aber mit der Erbitterung über die maßlosen Vergeltungsaktionen der deutschen Besatzungsmacht: Der Befehl des Oberkommandos der Wehrmacht vom 16. September 1941 hatte gelautet, für einen erschossenen deutschen Soldaten je hundert, für einen verwundeten Deutschen je fünfzig serbische Geiseln zu exekutieren. Mehr als 20.000 Serben kamen so ums Leben.

Wie hatte es unter solchen Bedingungen weiterhin Freundschaften zwischen Serben und Deutschen geben können, fragte sich Klara, und noch mehr Rätsel gaben ihr andere Quellenberichte auf, in denen sie las, dass zahlreiche Donauschwaben bereits 1941 bereit gewesen wären, sowohl ihre Privilegien als auch die deutsche Besatzungsherrschaft zu verteidigen – eben auch bei der SS. Andererseits hieß es an anderer Stelle, habe das Eindringen nationalsozialistischer Gedanken in den deutschen Kulturbund und die Übernahme der Formen reichsdeutscher Organisationen sowie die Propagierung einer volksdeutschen Einheitstracht vor allem den Widerstand der älteren Generation und der Kirchen erregt.

Wenn Klara eines wusste, dann dass ihr Großvater sich in keiner der kriegerischen Einheiten der deutschen Wehrmacht engagiert hatte, das war in politischer Hinsicht eine der wenigen konkreten Aussagen ihrer Mutter gewesen, etwas, das sie Klara und Gregor aber auch erst erzählt hatte, nachdem sie den Brief von Jelena bekommen hatte und danach mit einigen Bruchstücken aus ihrer Vergangenheit, über die sie seit jeher geschwiegen hatte, herausgerückt war, doch auf welcher Seite war der Großvater tatsächlich gestanden? Klara zündete sich die nächste Zigarette an und las weiter in jenem Teil des Buches, in dem man den schrecklichen Krieg gegen die Jugoslawiendeutschen, der im Bewusstsein der Weltöffentlichkeit kaum wahrgenommen wurde, letztendlich zu erklären versuchte.

> *Einerseits war dieser Krieg sowohl in seinen Ursachen als auch in seiner Bedeutung für das Deutsche Reich ein klassischer Krieg. Es ging um Rohstoffressourcen, um strategische Erwägungen und Einflusssphären. Andererseits wies der Krieg für die dort lebenden Bevölkerungsgruppen alle Merkmale eines ethnischen Konflikts auf. Es waren keine deutschen und alliierten Armeen, die einander gegenüberstanden, sondern zunehmend die verschiedenen ethnischen Gruppen, die die Kämpfe führten. Die freigesetzten destruktiven Kräfte knüpften an die ethnischen Differenzen an, die bereits vorher bestanden hatten. Die lange Geschichte der Abgrenzung des Eigenen vom Fremden zwischen den einzelnen ethnischen Gruppen, die dabei erlebten Erniedrigungen und Verletzungen, aufbewahrt als auserwählte Traumata im kollektiven Gedächtnis der*

Ethnien, erleichterten die Hassbildung und drängten auf Wiedergutmachung.

Klara legte das Buch beiseite, Zahlen und Fakten schwirrten gemeinsam mit Bruchstücken aus den Erzählungen der Mutter auf dieser Reise und mit Bildern von der Vojvodina, die sie selbst gesehen hatte, in ihrem Kopf herum, immer wieder kreiste eine Frage in ihren Gedanken: Warum hatte ihre Großmutter nichts von alldem erzählt, hatte sie wirklich nichts davon gewusst oder hatte sie alles ganz anders gesehen, was war wahr, was unwahr, worin hatten die Historiker recht, gab es eine Wahrheit, würde es einmal noch eine andere Wahrheit geben, Klara blickte auf die Uhr, es war ein paar Minuten nach acht, sie sollte längst in der Hotelhalle sein, Mama würde schon unruhig auf sie warten, schnell drückte sie ihre halb fertig gerauchte Zigarette aus, zog ein frisches T-Shirt an, in der Lobby saß ihre Mutter, auf dem Tisch vor ihr lag ein zerknittertes Kuvert aus gelblich gefasertem Papier, das schob sie Klara zu, ihr Gesicht sah sorgenvoll aus.

15

Im großen Speisesaal des Hotels spielte die Musikkapelle wieder *Za jedan čas radosti hiljadu dana*, Marlene summte leise mit, der zweite Martini, den sie leichtfertig nachbestellt hatte, war ihr ein wenig zu Kopf gestiegen, er machte sie leicht und unbeschwert, intensiv genoss sie das Zusammensein mit Klara, sie verloren kein Wort über das, was sie am Vormittag erlebt hatten, auch der Albtraum war weggeblasen, mit Vorfreude dachte sie jetzt an den morgigen Tag, an dem sie Jelena treffen würden, jene Jelena, die ihr den Brief geschrieben hatte, dessen wegen sie nun hier waren.

Jelena war ihre Spielgefährtin im kleinen Odžaci gewesen, im Sommer hatten sie sich gemeinsam mit anderen Kindern beim Spiel auf der Straße vergnügt, im Winter war Jelena oft zu ihnen ins Haus gekommen, Marlene erinnerte sich noch genau daran, wie fasziniert ihre Freundin von den vielen Nippes in all den Zimmern gewesen war, sie hatte immer damit spielen wollen, so hatten sie die Figürchen auf dem Boden aufgestellt, hatten sie herumgeschoben und ihnen Stimmen gegeben, Jelena war immer todtraurig gewesen, wenn sie wieder nach Hause gehen und die Porzellanfigürchen zurücklassen hatte müssen. Auch in ihrem Brief hatte Jelena von einer kleinen Engelsfigur geschrieben, die ihr so sehr gefallen hatte, dass sie sie gegen eine kleine Mundharmonika von Marlene ertauscht hatte, und sie hatte weiter geschrieben, dass sie es sehr bedauere, diesen Engel nicht mehr zu besitzen. Marlene erinnerte sich nur dunkel an jene Porzellanfigur, doch an die Wertgegenstände, über die Jelena in ihrem Brief geschrieben hatte, entsann sie sich gut, denn es war sie selbst, als unverdächtiges Kind, gewesen, der die Mutter aufgetragen hatte, das Porzellan und die Bilder im Schutz der Dunkelheit zu Jelenas Mutter zu bringen.

Die Bilder waren schwer zu tragen gewesen und das Porzellan heikel, und Marlene hatte geschwitzt vor Anstrengung, aber sie hatte die Angelegenheit, mit der sie betraut worden war, auch spannend gefunden und hatte Muße gefunden herumzualbern, so hatte sie sich etwa die gläserne Glocke einer Standuhr über den Kopf gestülpt, und als sie bei der Nachbarin angekommen war, war die Glocke kaum mehr von ihrem Kopf zu lösen gewesen, Jelenas Mutter hatte sie gescholten und eindringlich von ihrer verantwortungsvollen Aufgabe gesprochen, doch Marlene hatte nicht verstanden, was sie meinte, und war schuldbewusst wieder in ihr Elternhaus zurückgegangen, um die weiteren Gegenstände zu holen, die die Mutter ins Vorzimmer gestellt hatte.

Marlene dachte wieder an den Brief, in dem Jelena geschrieben hatte, wie sie beim Ansehen einer Fernsehsendung über die alte Heimat von Heimweh, Erinnerung und schlechtem Gewissen ergriffen worden war und sich dann – Jahrzehnte zu spät, wie sie schrieb – daran gemacht hatte, jene Standuhr, das Porzellan und die Bilder, die Marlenes Familie gehörten, auf ihrem Dachboden zu suchen und die Dinge, die nun am Laufen waren, in die Wege zu leiten. Mit Akribie hatte sie in ihrem Schreiben alle Gegenstände samt ihrer Größe und der im Laufe der Zeit an ihnen entstandenen Beschädigungen aufgelistet, Marlene bemühte ihre Erinnerung an die Ölgemälde, Aquarelle, das feine Glas und die Porzellanfiguren, die Jelena beschrieb, sie war gespannt auf den kommenden Tag, da sie ihre Freundin treffen würden und sie ihnen alles zurückgeben würde, was Marlene einst zu ihrer Mutter gebracht hatte, die das alles lange aufbewahrt und die Verantwortung dafür schließlich Jelena übergeben hatte. Marlene hatte keine Sorge, dass bei diesem Treffen so zwiespältige Gefühle in ihr hochkommen würden wie an den letzten drei Tagen, war bloß neugierig darauf, wie ihre Kinderfreundin heute wohl aussehen mochte, welche Erinnerungen sie vielleicht an ihre früheren gemeinsamen Erlebnisse hätte, dann schob sie den Gedanken beiseite, jetzt war sie hier mit ihrer Tochter, in diesem Speisesaal eines Hotels in Sombor, das ihr schon sehr vertraut geworden war.

Der Speisesaal war an diesem Abend voll besetzt, der Raum summte von Gesprächen, auch zwischen Klara und Marlene entwickelte sich eine feine Unterhaltung, in der sie das Schreckliche, das sie gesehen hatten, beharrlich ausblendeten, Marlene fühlte sich befreit, den sie so sehr belastenden Teil der Reise hinter sich zu haben, jetzt konnte nichts Schlimmes mehr kommen. Erst als die Musikkapelle schon lange zu spielen aufgehört und ihre Instrumente zusammengepackt hatte, zogen sie sich zurück, umarmten einander innig, als sie sich vor ihren Zimmertüren voneinander verabschiedeten, in dieser Nacht schlief Marlene tief und traumlos.

16

Jelena fächelte sich Luft zu, im Alter hatte auch sie begonnen, unter der Hitze zu leiden. Sie fragte sich, wie es ihrer Freundin und deren Tochter, die im gebirgigen Österreich aufgewachsen war, unter der Sonne des Südens gehen mochte, und ihre Gedanken blieben bei Marlenes Tochter hängen, sie überlegte, ob Klara ihrer Mutter ähnelte. Jelena sah nervös auf die Uhr, nur noch eine Stunde höchstens, bis sie kämen und Marlene und sie einander wiedersehen würden, nach siebzig Jahren …

Seltsam, dachte sie, wochenlang hatte sie dieser Begegnung entgegengefiebert, nun, da es so weit war, konnte sie sich gar nicht richtig freuen, konnte an nichts anderes denken als daran, ob sie wohl alles richtig gemacht hatte. Würden die *Kiflice* noch frisch und knusprig sein, wenn sie kämen, würden ihnen der serbische Kaffee und die hiesige Zitronenlimonade schmecken? Waren vor allem die Sachen gut eingepackt, hatte sie wirklich alle Dokumente, die sie für die Ausfuhr der Dinge brauchten? Waren das wieder Schikanen gewesen, bis sie diese Papiere gehabt hatte, und Fragen über Fragen, wer sie denn sei, wer die anderen, ob die Bilder vielleicht nicht doch von Wert für das eigene

Land wären, … Schnell noch ein Blick in den Spiegel auf die Frisur … Nun ja, es ging gerade so. Wie Marlene wohl aussehen mochte, nach all den Jahren? An ihr Kindergesicht erinnerte sie sich kaum mehr, aber sie wusste noch gut, dass sie meist Zöpfe oder eine große Masche im Haar getragen hatte und immer besonders hübsch gekleidet gewesen war. Sie hatte schöne Matrosenblusen und Rüschenkleidchen gehabt, wohl kaum geeignet für manche ihrer Kinderspiele im Freien, wie lange das her war …

Siebzig Jahre. Ein ganzes Leben, ihr ganzes Leben. Als der Krieg vorbei gewesen war, nachdem Marlene und die anderen Deutschen für immer verschwunden waren, nachdem fünfundzwanzigtausend Kinder in Jasenovac getötet worden waren, nachdem Odžaci ein Geisterort geworden war, hatten ihr vor allem ihre Freunde, mit denen sie immer gespielt hatte, gefehlt, doch das war nicht lange von Bedeutung gewesen, denn ihrer Familie wurde eine Wohnung in einem anderen Ort, in Palanka, zugeteilt, dort hatte ihr Vater wieder in seinem Fach arbeiten können, aber sie waren auch dort nur eine Weile geblieben, irgendjemand, der dem Vater schaden wollte, hatte den Behörden gemeldet, dass sie zu dritt diese relativ große Wohnung bewohnten, was nicht rechtens sein könne, also waren sie wieder übersiedelt und wieder und wieder, bis sie selbst aus der kleinen Wohnung in Novi Sad, in der sie schließlich gelandet waren, ausgezogen und zum Studium nach Belgrad gegangen war.

Ihre Eltern hatten ihr keine Steine in den Weg gelegt, und selbst, dass sie unbedingt in der Hauptstadt studieren wollte, hatten sie akzeptiert und mit ihren kargen Mitteln finanziert. Welches Fach sie belegen wollte und musste, hatte sich ganz einfach ergeben. Deutsch konnte sie bereits sehr gut, und Lehrerin zu sein, hatte sie sich vorstellen können. Ihre Mutter hatte zwar davon geträumt, dass sie eine wohlhabende Apothekerin mit weißem Kittel und goldenem Kreuz an einer Kette um den Hals werden sollte, und sie selbst hätte am allerliebsten Landwirtschaft studiert, aber das war damals für eine Frau noch kaum infrage gekommen. Letztendlich, so dachte sie, hatte sie gut für sich entschieden, denn als sie 1955 ihr Studium begonnen hatte, hatte sie auf der Universität bald schon ihren späteren Mann kennengelernt, und eine große Liebe hatte begonnen.

Die Zeiten waren damals schon etwas besser gewesen. Langsam hatte man wieder Lebensmittel kaufen können, es hatte Fleisch, Milch, Käse, Butter, da und dort sogar einen privaten Einkaufsladen gegeben, die meisten Geschäfte aber waren verstaatlicht gewesen. In sogenannten Kommissionsläden waren Bekleidung oder Dinge wie etwa Zahnpasta, Regenschirme oder Schreibstifte angeboten worden, doch wenn man zum Beispiel Kaffee oder die modernen Nylonstrümpfe gewollt hätte, so war man auf das Ausland angewiesen gewesen, und unter bestimmten Bedingungen war es erlaubt gewesen, Unterstützungspakete mit solchen Waren anzunehmen. Mit Faszination hatten sie diese Pakete geöffnet und die Plastiktüten angestaunt, in die die Dinge eingepackt waren. Sie hatten diese Tüten gesammelt und wie kostbare Schätze aufbewahrt, das tat sie heute noch mit einer gewissen Sentimentalität.

Viel weniger sentimental dachte sie an andere Gegebenheiten dieser Zeit zurück. Immer und überall hatte man auf der Hut sein müssen, nur ja kein falsches Wort zu sagen, denn die Agenten des Staatssicherheitsdienstes UDBA hatte alle ausgespitzelt, um tatsächliche und mögliche Gegner des kommunistischen Regimes Jugoslawiens ausfindig zu machen, sie ins Gefängnis zu sperren oder auch zu liquidieren, und Fremdsprachen-Studenten waren für diese Organisation besonders interessant gewesen. Viele von ihnen waren gefragt worden, ob sie nicht für die UDBA arbeiten wollten, sie hatte man nie gefragt, irgendwie schien allen klar gewesen zu sein, dass sie damit nichts zu tun haben wollte. Tatsächlich hatte sie die politischen Bestrebungen, ein künstliches Proletariat aufzubauen, unerträglich gefunden. Die Fabriken, die die neuen Arbeiter ins Laufen bringen sollten, waren nur so aus dem Boden geschossen, die Dörfer hatten sich geleert, nur die Alten waren dortgeblieben, das Fleisch von ihnen kaufte man bis heute gern, aber mit der Landwirtschaft wollten viele Junge nichts mehr zu tun haben. Später waren die meisten dieser Fabriken, die man so aufgebaut hatte, wieder abgerissen worden, findige Leute hatten alle Maschinen aufgekauft und als altes Eisen wiederverkauft, die Gründe waren als Bauland veräußert worden. Es gibt immer welche, die gern im Trüben fischen, dachte Jelena.

Sie interessierte das alles nicht, hatte sie nie interessiert, sie hatte sich ihr Leben lang von aller Politik ferngehalten, so wie ihr Vater, der am liebsten nichts anderes gemacht hätte, als seinen kleinen Garten zu bewirtschaften und der wie ungezählte andere in etwas hineingerissen worden war, das ihn nichts anging und nichts angehen wollte. Was sie betraf, so hatte sie ihr Lebensglück mit ihrem Mann gefunden. Er studierte wie sie Deutsch, und sie beide hatten immer den Wunsch gehabt, die Länder, in denen diese Sprache gesprochen wird, und deren Bewohner auch zu sehen und zu erleben. Tatsächlich war es mit besonderer Genehmigung und einem sogenannten Garantiebrief von jenen, die einen eingeladen hatten, erlaubt gewesen, ins Ausland zu reisen – so waren sowohl sie als auch ihr Mann ein paarmal nach Deutschland gekommen, sie hatte Ost- und Westdeutschland gesehen, und später, nachdem 1960 die Reisefreiheit erlassen worden war, hatte sie Westeuropa, einmal sogar Ägypten bereist, ja, sie hatte ein wenig von der

Welt gesehen, aber es war nie einfach gewesen, eine Reise zu bewerkstelligen. Auch später, in den Neunzigerjahren, war – aus anderen Gründen als zuvor – für die Ausreise zunächst ein Antrag an die entsprechende Botschaft zu stellen, und man hatte ein sogenanntes Interview über sich ergehen lassen müssen, wann, zu wem, warum, wie lange man verreisen wollte, und erst nach dieser zutiefst demütigenden Prozedur hatte man einen Pass auf Zeit ausgestellt bekommen, zu dessen Ausgabe man an einem bestimmten Tag bestellt worden war, einem Tag, den man sich am besten nur dafür reserviert hatte, denn wenn es auch geheißen hatte, dass man die Papiere am Morgen abholen könne, so hatte man doch immer Stunden warten müssen, bis es endlich so weit gewesen war.

Heute war sie zu müde zum Reisen, sie wollte hierbleiben, in Novi Sad, in ihrer kleinen Wohnung, die sie in den Siebzigerjahren mit ihrem Mann zusammen gekauft hatte und in der sie beide lange Jahre glücklich zusammengelebt hatten – bis zu der Zeit, da der zweite Bürgerkrieg ausgebrochen war, aber es war nicht der Bürgerkrieg gewesen, der ihr Lebensglück damals zerbrechen ließ. Die Jugoslawienkriege der Neunzigerjahre und der Kosovo-Konflikt, all das hatte sie kaum berührt, denn ihr Mann war auf dem Totenbett gelegen und die Mutter ebenfalls im Sterben, und sie nur von einem Krankenzimmer ins andere unterwegs, immer hin und her zwischen dem Mann und der Mutter, und dazwischen die Bombenangriffe der NATO auf ihre Stadt, und ihre Freundinnen, die sie fragten: Hast du denn keine Angst, Jelena? Sie werfen wieder Bomben. Hast du keine Angst? Aber nein, sie hatte keine Angst gehabt, wovor auch, so vieles von ihrem Leben war schon hinter ihr gelegen und das Schlimmste unmittelbar vor ihr …

Es war dann alles sehr schnell gegangen, und während die Brücken über die Donau in Flammen aufgegangen und ihr Schutt ins Wasser gestürzt war, war die Mutter gestorben, und als alle Brücken von Novi Sad zerstört gewesen waren, war ihr Mann für immer von ihr gegangen – hätte sie sich da kümmern sollen um das schmutzige Geschäft der Hure Politik, das sie schon seit jeher angewidert hatte?

17

Klara erwachte vom Sonnenschein, der an diesem Tag mit langen Strahlen in ihr Zimmer fiel, sie fühlte sich elend, in ihrem Kopf der Brief des Mitgefangenen ihres Großvaters, den Mama ihr am Vortag so zögernd über den Tisch hinweg zugeschoben hatte.

Jener Franz Korn, ein ehemals nur flüchtig Bekannter des Großvaters aus einem Nachbarort der alten Heimat, beschrieb darin den Leidensweg des ihm im Arbeitslager schnell zum Freund gewordenen Mannes bis zum seinem Tod wenige Monate nach ihrer Deportation nach Russland. Sein Schreiben – drei mit kleiner Schrift eng beschriebene Blätter – datierte vom 23. November 1947, also wenige Monate nach seiner Ankunft in Frankfurt an der Oder, wo er nach langer schwerer Krankheit, die er sich im russischen Arbeitslager zugezogen hatte, im Zuge eines großen Krankentransports bei seiner schon 1945 geflüchteten Schwester unterkommen hatte können und wo er nun rekonvaleszent in einem Krankenhaus lag. Der Brief war an Klaras Großmutter gerichtet, Franz Korn hatte ihn mit viel Hochachtung an die ihm kaum bekannte Frau geschrieben.

Sie seien mit 1.500 anderen – Männern, Frauen, Jungen und Mädchen – in Güterwaggons nach Russland verladen worden, gleich nach der Ankunft im Donbasser

Kohlegebiet in einem Lager hinter Stacheldraht in gemauerten Baracken untergebracht und sofort zur Arbeit in den Kohlegruben eingeteilt worden, so Franz Korn. Klaras Großvater sei zunächst als Schreiber in der Kanzlei eingesetzt worden, später habe aber auch er schwere körperliche Arbeit leisten müssen, sie hätten oft nur Grassuppe zu essen bekommen, selbst für die Schwerarbeiter in den Gruben habe es bloß 80 bis 100 Gramm nasses Gerstenbrot täglich gegeben. Sein Freund Johann sei bald schon seelisch zugrunde gerichtet gewesen, er habe seine Familie tot geglaubt und für sich selbst nicht mehr daran gedacht, jemals wieder heimkehren zu können, nichts habe ihn aufrichten können, schrieb Korn weiter, der immer wieder versucht hatte, seinen Freund mit Gedanken an seine geliebten Jagden, die sie wieder machen würden, wenn sie heimkämen, aufzumuntern, doch der habe immer nur müde gelächelt und abwehrende Handbewegungen gemacht. Dann berichtete er von seiner letzten Begegnung mit Klaras Großvater, als sie nach dem Kartoffelsuchen, das aufgetrennte Futter ihrer Mäntel vollgestopft mit dem Gemüse, auf dem Weg zurück ins Lager nebeneinander hergegangen waren. Johann sei dabei immer wieder ins Wanken geraten, so Franz Korn, der ihm nicht geglaubt hatte, dass es nur Müdigkeit war, die ihn beinahe zu Fall brachte, er habe gewusst, dass Johann schon seit Längerem begonnen hatte, kaum mehr zu essen und zu trinken,

Zigaretten hingegen hätte er geraucht wie nie zuvor in seinem Leben.

Am nächsten Tag sei er, Korn, erkrankt und mit Fieber auf die Krankenstation verlegt worden, als er nach acht Tagen endlich wieder zu sich gekommen sei, habe er erfahren, dass sein Freund verstorben war … An einem ihnen vorbestimmten Platz hätten sie für ihn und viele andere Kameraden Gruben ausheben und Gräber mit Holzkreuzen errichten dürfen, so habe er Klaras Großvater in Russland begraben …

Klara hatte die drei auf faserigem Papier geschriebenen Seiten wieder zur Hand genommen, immer wieder las sie die Stelle, an der Franz Korn zwischen den Zeilen von der völligen Selbstaufgabe des Großvaters berichtete, warum hatte Mama ihr nie davon erzählt, was hatte ihr verboten, vom *eigenbestimmten* Sterben ihres Vaters zu sprechen, oder war es so, dass sie sich selbst nicht erlaubte, die Wahrheit aus den Worten Franz Korns herauszulesen, hatte ihre Sucht nach Harmonie sie dazu gebracht, den mehr oder weniger frei gewählten Tod des Vaters zu verschweigen, oder hatte sie ihn wie so vieles andere auch für sich selbst aus ihrem Bewusstsein verdrängt? Eine Mischung aus Wut und Angst erfasste Klara, sie wälzte sich unruhig in ihrem Bett, rauchte ihre Zigaretten, als wären sie Nahrung, endlich stand sie auf, zog sich an und ging zum Frühstück in den Speisesaal, wo Mama schon wieder genüsslich *Kajmak* auf Weißbrot aß und so fröhlich dahinzuplaudern begann, als wären sie nicht in diesem Land und auf den Spuren der Vergangenheit, Mama redete, wie sie es auf der ganzen Reise noch nie getan hatte, und sie redete nur von Jelena und hörte auch nicht damit auf, als sie den Wagen bestiegen und nach Novi Sad aufbrachen.

Klaras Kopf war voll von Gedanken an den Großvater und an Jelena, während der Wagen Richtung Süden über die gewohnt schlechte Straße rumpelte, über ihnen schwebten ein paar Wolkenwattefetzen, und wieder passierten sie ein trauriges Dorf nach dem anderen. Was mochte im Großvater vorgegangen sein, bevor er den Entschluss gefasst hatte, sich zu Tode zu hungern, was mochten Jelena und ihre Familie in den Wirren dieses schrecklichen Krieges erlebt haben, was könnte der Großvater in seinen letzten Tagen gedacht haben, und was Jelena, als ihre deutsche Freundin auf einmal für immer weg gewesen war, wie wären die Dinge für Klaras Familie gelaufen, hätte der Großvater das Arbeitslager überlebt, hatte Jelena etwas von den Lagern für die Deutschen gewusst …?

Nach etwa eineinhalb Stunden Fahrt näherten sie sich Novi Sad, der Verkehr begann dichter zu werden, als sie in die Stadt einfuhren, Klara lenkte den Wagen ins belebte Stadtzentrum, parkte dort, sah gleich darauf eine Polizistin auf Streifendienst, winkte sie heran, deutete dann auf den Zettel, auf dem Mama Jelenas Adresse notiert hatte. Die Wachebeamtin redete freundlich auf sie ein, als sie bemerkte, dass Klara nicht verstand, zeichnete sie den Weg auf dem Zettel auf, wenig später waren sie in einer ärmlichen Gegend mit zahlreichen vielstöckigen Häusern und wenig Grün rundherum angekommen. Durch ein enges Stiegenhaus, dessen Wände mit schwarz gesprayten Sprüchen beschmiert waren, stiegen sie die Treppen zu Jelenas Wohnung hoch, dann stand eine grauhaarige, ältlich wirkende Frau in dunkel gemusterter Kleidung vor ihnen, die ein Lächeln versuchte und ihnen förmlich die Hand reichte.

Das war Jelena, mit der Mama unzählige Male über den Graben vor ihrem Elternhaus gesprungen war, Jelena, die so sehnsüchtig nach den Porzellanfiguren in dem ihr vielleicht ebenso fremden wie angestaunten Haushalt geschielt hatte, Jelena, deren Lebensgeschichte sie jetzt vielleicht erfahren würden? Klara versuchte sich die achtzigjährige Frau vor ihnen als Kind im kleinen Hodschag vorzustellen, es gelang ihr nicht, da war einfach eine Frau im Alter ihrer Mutter, die sehr resolut wirkte und deren Stimme ganz anders klang als jene, in der ihr Brief abgefasst war, dann fiel Klara ein, mit welcher Akribie die Kinderfreundin ihrer Mutter in ebenjenem Brief die Gegenstände, die sie zurückgeben wollte, aufgelistet und beschrieben hatte, und sie begann zu ahnen, dass Jelena auch für die außergewöhnliche Situation, in der sie drei sich jetzt befanden, alles perfekt geplant hatte.

Salzgebäck stand auf dem Tisch, Jelena verschwand in der Küche, um Kaffee zu kochen, kam aber gleich wieder und brachte Getränke und eine Schale mit Eiswürfeln, das helfe, die Hitze erträglich zu machen, sagte sie in ausgezeichnetem Deutsch. Mamas Freundin hatte die Sprache studiert und war Lehrerin gewesen, das wusste Klara, es war wohl diese Lehrerinnenvergangenheit, die sie so resolut gemacht hatte, dachte sie, die auf einem kleinen Sesselchen vor dem Couchtisch saß und sich in dem vollgeräumten Zimmer umblickte, ein Foto mit schwarzer Schleife fiel ihr auf, es zeigte einen sehr zurückgezogen wirkenden Mann. Jelena kam mit der Kaffeekanne, sie schenkte die dampfende Flüssigkeit in die Porzellantassen und forderte sie auf, von dem Gebäck zu kosten, sie habe es eigens an diesem Morgen aus einer besonderen Bäckerei geholt, unmittelbar darauf erklärte sie, sie habe die legale Ausfuhr ihrer Wertgegenstände vom serbischen Staat erwirkt, es spräche nichts dagegen, dass sie die Dinge mit über die Grenze nähmen, alle seien mit einem Legitimationsstempel versehen. Perfekt, dachte Klara, die ihre Mutter ansah, was mochte sie denken, wie mochte es ihr jetzt gehen? Mama saß still und fast unbewegt auf der kleinen Couch, sie nahm ab und zu von ihrem kalten Sprudel einen Schluck, knabberte vorsichtig an dem Salzgebäck, ihre sonst so weltgewandte Art schien sie vergessen zu haben, Klara kannte die Mutter in Gesellschaft als eine glänzende Unterhalterin, die es verstand, die Schüchternen aus der Reserve zu locken, die Vorlauten dezent in die Schranken zu verweisen, sie wusste, wie man Gespräche in Gang setzte, sie beherrschte die Kunst, Unterhaltungen, die zu nichts führten oder ihr Angst machten, so abzubrechen, dass sich niemand davon brüskiert fühlte, und in ihrem eigenen Haus war Mama eine Gastgeberin, die alles für die von ihr Eingeladenen tat, jetzt saß sie artig wie ein Kind auf dem ihr von Jelena angewiesenen Platz und sagte kein Wort. Es war also an ihr, Jelena näher zu jenem Unterfangen zu befragen, das sie hierhergebracht hatte, wurde Klara bewusst, sie straffte ihren Rücken, räusperte sich, sah der Frau direkt in ihre eisgrauen Augen, wollte eben ihre Frage formulieren, als Jelena sie mit ihrem verhaltenen Lächeln bedachte und selbst eben davon zu reden begann, wie sie, nachdem alles siebzig Jahre zurücklag, darauf gekommen war, auf dem Dachboden nach diesen noch immer gut aufbewahrten Dingen zu suchen, sie auszupacken, fein säuberlich aufzulisten und Marlene zu schreiben. Jelena hatte sich in ihrem kleinen Stuhl zurückgelehnt und die Brille abgenommen, sie erzählte, dass sie die Stücke aus dem Eigentum von Marlenes Familie schon seit dem Moment, da ihre Mutter sie in die Angelegenheit eingeweiht hatte, zurückgeben hatte wollen, die Sache habe ihr keine Ruhe gelassen, sagte sie, doch über die Jahre und mit den Wirren des Lebens seien sie dann doch in Vergessenheit geraten, nun, da sie alt war, habe sie aber die Verpflichtung gespürt, die Dinge zu regeln, bevor es zu spät war.

Mama war nun unruhig geworden, sie rutschte auf der Couch hin und her, Klara spürte, dass sie etwas sagen wollte, sie schien die Worte nicht zu finden, nahm plötzlich einen großen Schluck aus ihrem Glas, sprach dann mit brüchiger Stimme und so ungeschickt, wie Klara es nicht von ihr kannte, von Jelenas großartiger Leistung und ihrer großen Dankbarkeit ihrer Kinderfreundin gegenüber, nur langsam gewann sie an Sicherheit und konnte ihre Stimme lauter und fester werden lassen. Nie habe sie davon gehört, dass so etwas nach so vielen Jahren oder auch überhaupt geschehen sei, sagte sie, dabei hätten sicherlich auch andere Deutsche Dinge, die ihnen lieb und wert waren, bei befreundeten Serben untergebracht, aber sie Jelena …

Das sei doch selbstverständlich, antwortete die andere und lenkte das Gespräch rasch auf andere Dinge, sprach von ihrem verstorbenen Mann und dessen schwerer Krankheit bis zum Tod, sie erzählte von ihren Eltern und von ihrem Beruf als Lehrerin, den sie geliebt hatte. Klara saß beinahe ebenso artig wie ihre Mutter auf ihrem Sesselchen, in dem Zimmer war es drückend heiß, sie fächelte sich mit einer Serviette Luft zu, wünschte, sie könnte eine Zigarette rauchen, bei dem Gedanken fiel ihr wieder der Großvater ein, der sich zu Tode gehungert und geraucht hatte.

Jelena forderte Mama eben auf, mit ihr in das andere Zimmer zu kommen, die stand sofort von der Couch auf, zupfte nervös an ihrer Bluse herum, folgte ihrer Freundin, die forschen Schrittes voranging, auch Klara war aufgestanden, sie beobachtete die Szene aus dem Hintergrund, war ein wenig unruhig, jetzt saß weit hinten in ihrem Kopf eine Angst, dass die Mutter zusammenbrechen könnte, wenn sie nun einige der Gegenstände, die ihre Eltern so liebevoll zusammengesammelt hatten, wiedererkennen würde. Klara lehnte im Türrahmen, an einer Wand standen vier große Pappschachteln, Jelena hob die erste vom Boden hoch und stellte sie auf einen Tisch. Hier, sagte sie einfach, mach auf, die Mutter zögerte, dann trat sie vor und öffnete die Schachtel. Obenauf lag ein Ölbild, das eine Batschkalandschaft zeigte, ein Gänsemädchen auf einem stillen Weg bei einem Teich, im Hintergrund ein paar Bäume und Häuser. Mama hatte sich das Bild vor die Augen gehoben, sie betrachtete es lange, bevor sie die anderen, darunterliegenden Gemälde eins nach dem anderen zum Vorschein brachte, ihre Augen glänzten und ihre Hände zitterten, als sie das Bild eines pfeifenrauchenden alten Mannes aus der Pappschachtel hervorholte, tat sie einen leisen Freudenschrei. Der *Deda* sei im Wohnzimmer ihres Elternhauses gehangen, sie habe das Bild immer schon geliebt, sagte sie und fasste das kleine Ölgemälde an seinem dicken schwarzen Holzrahmen, hielt es mit beiden Händen ein Stück weit von sich weg, um es besser ansehen zu können, dann legte sie es vorsichtig auf den Tisch, drehte sich zu Jelena um und umarmte sie. Das sei das schönste Geschenk, das sie ihr machen hätte können, sagte sie, und sie werde dem Bild einen Ehrenplatz in ihrem Haus geben, um es so oft wie möglich ansehen zu können. Jelena hatte Mamas Umarmung offensichtlich gern mit sich geschehen lassen, jetzt lösten sich die beiden Frauen wieder voneinander, die Mutter sollte nun den zweiten Karton öffnen. Jetzt kamen sorgfältig in Seidenpapier eingeschlagene Porzellanfiguren zum Vorschein, Mama wickelte die erste aus ihrer Umhüllung, hielt gleich darauf ein Mädchenfigürchen mit hellblauem Kleid, gelbem Haar und einer rosafarbenen Haarmasche in den Händen, nach und nach tauchten die Figuren ihrer Kindheit aus der Schachtel hoch. Mama hatte ihre stumme Zurückhaltung aufgegeben, jetzt kämpfte sie mit den Tränen. Sie fühle sich wie ein Kind, dem ein großartiges Geschenk nach dem anderen gemacht werde, erklärte sie ihrer Freundin dann, die neben ihr stand und ihr zufrieden zusah, wie sie auch noch die anderen beiden Pappschachteln öffnete und alles, immer schneller werdend, heraushob, ihre Tränen waren versiegt, in ihren Augen stand jetzt nur noch Freude, und als sie alles, was Jelena so sorgfältig in die Kartons verpackt hatte, angesehen hatte, packten die beiden Frauen die Bilder und Figuren behutsam wieder zurück. Als Jelena mit einem Klebeband kam, um die Schachteln für den Transport gut zu verschließen, bat Mama sie, sich ein Bild und eine Figur auszusuchen, um sie für sich zu behalten, Jelena wehrte erst ab, doch die Mutter bestand mit gewohnter Festigkeit auf ihr Anliegen, so nahm Jelena nach kurzem Überlegen eine hübsche Tänzerin aus Porzellan und ein kleines Landschaftsaquarell an sich, ihre eisgrauen Augen blitzten auf, als sie die Tänzerin in dem pastellgrünen Abendkleid auf den Sims ihres Fensters im Wohnzimmer stellte.

Was wäre, wenn Mama all ihr Eigentum zurückbekäme, überlegte Klara, allein mit den Gegenständen ihrer Eltern könnte sie wohl zwei oder drei Häuser einrichten, und mit dem Verkauf der Gründe, die die Familie in Serbien besessen hatte, wäre sie mit einem Schlag eine reiche Frau, und sie, Klara, eine Tochter aus allerbestem Haus. Dunkel erinnerte sich Klara daran, dass die Mutter auf der Reise einmal etwas davon gesagt hatte, dass es so etwas wie eine offizielle Entschädigung und Restitution auch für die Donauschwaben gab. Dass sie selbst sich nie darum gekümmert hatte, verstand sich für Klara von selbst, sie nahm sich vor, zu Hause mit Mama darüber zu sprechen, bei dem Gedanken überkam sie Traurigkeit, sie wusste, über die Todesart des Großvaters würde sie nicht mit ihr reden können.

Jelena schien sich inzwischen wieder auf ihren Plan für diesen Tag besonnen zu haben, sie wollte den beiden die Stadt, in der sie lebte, zeigen, so verließen die drei Frauen, bepackt mit den vier Schachteln samt kostbarem Inhalt, die

Wohnung, verstauten die Kartons im Kofferraum, dann stiegen sie in das Auto und Jelena dirigierte Klara ins Zentrum von Novi Sad. Die Stadt war eine bizarre Mischung aus Barockbauten, Bauwerken aus dem neunzehnten Jahrhundert und solchen aus der Zeit des sozialistischen Realismus, im Altstadtkern zeigte ihnen Jelena das Rathaus, die katholische Kirche, das Haus zum Zinnsoldaten, den Platz der Freiheit, in der belebten Fußgängerzone nahmen sie in einem Café noch schnell einen Drink gegen die Hitze, dann wollte Jelena sie auf die Festung Petrovaradin führen. Sie fuhren einen Berg hinauf, gelangten auf eine Aussichtsplattform und sahen hinunter auf die graurote Stadt und die Donau mit den von der NATO zerbombten Brücken, die Novi Sad gänzlich von der Umgebung abgeschnitten hatten. Jelena erzählte, dass es in der Stadt ein Zentrum für Kriegstraumatisierte gab, in dem man versuchte, Menschen, die die Ereignisse des Kosovokrieges nicht verkraftet hatten, bei der Verarbeitung dieser Erlebnisse zu helfen, dann wies sie mit dem Arm über die ganze Stadt, und so als wollte sie das eben Gesagte wieder wegwischen, sagte sie stolz, dass Novi Sad eine Universitätsstadt mit dreizehn Fakultäten und etwa 38.000 Studierenden sei.

Mama hörte ihr aufmerksam zu, dann fragte sie, ob Jelena, die ja Deutsch studiert und unterrichtet hatte, schon einmal in Deutschland gewesen sei und ob sie sie vor allem nicht einmal in Österreich besuchen wolle. Wieder bekamen Jelenas Augen ihren unnahbaren Ausdruck, nein, sie wolle nicht nach Österreich kommen, sagte sie brüsk, sie sei tatsächlich früher in Deutschland gewesen, doch es sei aufgrund der politischen Umstände in ihrem Land aus wechselnden Gründen immer sehr schwierig gewesen zu reisen, und sie sei alt und müde, bemerkte sie noch, dann drehte sie sich um, unmittelbar darauf rief sie beiden zu, sie sollten ihr folgen, schon führte sie sie mit schnellen, entschlossenen Schritten weg von der Aussichtsplattform und zurück zu Klaras Wagen, sie habe einen Tisch in einem Restaurant für sie reserviert.

Warum war diese Frau so hart und unnahbar, auch Mama gegenüber, was mochte Jelena im zweiten schrecklichen Krieg, den sie erleben musste, widerfahren sein, fragte sich Klara, sie wusste kaum etwas über die Jugoslawien-Kriege und den Kosovo-Konflikt, dunkel erinnerte sie sich an Zeitungsberichte über militärische Auseinandersetzungen zwischen der UÇK und jugoslawischen Streitkräften, an das Dayton-Abkommen, an den amerikanischen Luftangriff und die unzähligen Flüchtlingsdramen jener Zeit. War Jelenas Familie auch davon betroffen gewesen, wie mochte sie die Angriffe auf ihre Stadt erlebt haben, wie die Zerstörungen, den mühsamen Wiederaufbau, der teilweise jetzt noch im Gange war? Klaras Gedanken liefen zurück in die Zeit der Kindheit ihrer Mutter. Jelena hatte den Reichtum der Familie ihrer Freundin wohl nur anstaunen können, unter welchen Bedingungen mochte *ihre* Familie damals gelebt haben, und wie hatten sie erlebt, dass die Nachkommen der deutschen Einwanderer eine so bedeutende Rolle in ihrem Land gespielt hatten? Klaras Kopf summte vor Fragen, deren Antworten sie nicht kannte, vielleicht nie kennen würde, und doch war sie hier in diesem Land, mit der Mutter und ihrer Kinderfreundin, die mit ihrem Brief diese wunderschöne Handlung gesetzt hatte.

Ob Mama wohl jemals hierher zurückkehren würde wollen? Was zöge sie hierher, ihr Elternhaus stand nicht mehr, die Druckerei ebenso wenig, wo ihre Weingärten, ihre Felder mit den Wirtschaftsgebäuden und Stallungen gewesen waren, wusste sie nicht einmal, und was hatte sie heute mit diesem Land zu tun, das vor nicht langer Zeit von einem neuen, schrecklichen Krieg heimgesucht worden war, einem Land, in dem von all denen, die Mama gekannt hatte, ihres Wissens nach nur noch Jelena lebte, Klara wandte sich um und folgte ihrer Mutter und Jelena, die auf dem Weg zum Wagen waren, wenig später waren sie in dem Restaurant, von dem Jelena stolz erzählt hatte, dass es das schönste in ganz Novi Sad wäre. Die Gaststätte lag inmitten eines riesigen Parks mit uraltem Baumbestand, das Restaurant hatte die Form eines gläsernen Pavillons, die Einrichtung war original serbisch, Jelena hatte den besten Tisch in der Mitte des Lokals für sie reservieren lassen, sie bestellte eine Grillplatte für alle. Durch die offen stehenden Glastüren drang

Vogelgezwitscher, ein sanfter Wind bewegte die Bäume, Klara beobachtete ihre Mutter, die eben vergnügt in ein Cevapcici biss und einen großen Schluck Bier dazu nahm. Sie schien den schrecklichen Tag im ehemaligen Lagerdorf Gakovo vergessen zu haben, ebenso die traurige Stunde vor der hässlichen Mietskaserne, die anstelle ihres Elternhauses errichtet worden war, genauso die verlogene Gedenktafel beim Mahnmal und selbst das Kreuz in der Friedhofskapelle, auf dem der Name ihres in russische Gefangenschaft verschleppten und dort verstorbenen Vaters eingraviert war, mochte sie verdrängt haben.

Mama war hier mit ihr an einem Ort, dessen Flair ihre Heimaterinnerungen weckte, und doch in diesem traurigen Land mit den verfallenden Häusern, den nicht bestellten Feldern, den frei laufenden herrenlosen Hunden, dem Land, das den Geist der schönen Vergangenheit nicht mehr atmete – alles war gut, war alles gut?

Literatur

Dokumentation der Vertreibung der Deutschen aus Ost-Mitteleuropa. Band V: Das Schicksal der Deutschen in Jugoslawien. München dtv 2004.

Michael Portmann: *Jugoslawien in Zweiten Weltkrieg 1941–1945*. Norderstedt GRIN Verlag 2002.

Friedrich Lotz: *Hodschag. Geschichte einer deutschen Marktgemeinde in der Batschka*. Freilassing Pannonia Verlag 1964.

Danksagung

Die Arbeit an diesem Buch wurde durch zwei Stipendien der Kunstsektion des Bundeskanzleramtes Österreich gefördert, wofür ich danke.

Mein besonderer Dank gilt außerdem Posse Verbraucher, Nada Kostič, Ulli Haschka, Hildegard Emich, Martin Hoffmann, Veronika Weeks-Strotzka, Riki Ritter-Börner, Beatrix Blaha, Su Wastl, Agnes Koppensteiner und meinem Verleger Jürgen Schütz.